BESTSELLER

John D. MacDonald (1916–1986) fue un destacado escritor estadounidense, maestro del suspense y la novela negra. Autor de más de setenta libros, alcanzó fama internacional con la serie de Travis McGee. Su novela *The Executioners*, publicada en español como *El cabo del miedo*, fue llevada al cine en dos ocasiones bajo el título *Cape Fear*, interpretada por Gregory Peck y Robert Mitchum en 1962, y por Robert De Niro y Nick Nolte en 1991.

JOHN D. MacDONALD

El cabo del miedo

Traducción de
Ismael Belda

DEBOLS!LLO

Papel certificado por el Forest Stewardship Council®

Penguin
Random House
Grupo Editorial

Título original: *Cape Fear*

Primera edición: febrero de 2026

Printed in Spain – Impreso en España

ISBN: 978-84-663-8228-1
Depósito legal: B-21.476-2025

Compuesto en Fotocomposición gama, sl
Impreso en Black Print CPI Ibérica
Sant Andreu de la Barca (Barcelona)

P 3 8 2 2 8 1

Para Howard, que creyó;
y para Jennie, que creyó en Howard

CAPÍTULO UNO

Aquel sábado, Sam Bowden estaba acostado boca arriba bajo el sol alto de mediodía, con los ojos cerrados y la mano derecha aferrada a una lata de cerveza que cada vez estaba menos fría. Era consciente de la cercanía de Carol. La digestión del pícnic se desarrollaba con normalidad. Jamie y Bucky estaban armando jaleo entre los matorrales de la loma que había frente a la pequeña playa, y Sam sabía que llegaba el momento de que Jamie, de once años, enviara a Bucky, de seis, para preguntar si podían meterse ya en el agua.

Otros años, Nancy corría y gritaba con sus hermanos pequeños. Pero aquel año había cumplido catorce y, además, se había traído a un invitado, un chico de quince años llamado Pike Foster. Nancy y Pike estaban cociéndose al sol, acostados en la cubierta de proa del Sweet Sioux III, con una radio portátil sintonizada a la peculiar oferta de un pinchadiscos vanguardista. El Sweet Sioux estaba anclado a unos treinta metros de allí siguiendo la curva de la playa, con la proa a tres metros de la orilla, y la música apenas se oía.

Mientras el sol se filtraba de color rojo a través de sus párpados cerrados, Sam Bowden intentaba decirse, casi con desesperación, que todo iba bien en su mundo particular. Todo iba de maravilla. Aquella era la primera expedición del año a la isla. Los Bowden pensaban ir tres o cuatro veces esa temporada, como hacían desde 1950, que fue cuando la descubrieron, un año antes de que naciera Bucky. Era una isla ridículamente pequeña, a unos veinte kilómetros de distancia del lago, al noroeste de New Essex. Era demasiado pequeña para tener nombre. En los mapas aparecía solo como un punto y una advertencia de bajíos en los alrededores. Tenía una colina baja y una playa, y el agua era razonablemente profunda a poca distancia de la orilla.

Todo estaba bajo control. Su matrimonio era del mejor tipo posible. Estaban todos sanos. Él era socio del bufete donde trabajaba desde 1948. Su casa, muy próxima al pequeño pueblo de Harper, a veinte kilómetros de New Essex, era en realidad demasiada casa para sus posibilidades, pero Sam se consolaba con el valor en constante aumento de sus cuatro hectáreas de terreno. No tenían ahorros que mereciera la pena mencionar, solo algunas acciones de primera o segunda línea. Pero su robusto seguro de vida le proporcionaba una sensación de seguridad.

Levantó la cabeza y, sin abrir los ojos, se terminó la lata de cerveza. Se dijo que no había por qué inquietarse. Que no tenía sentido ponerse histérico. Había que planteárselo como un problema más que podía solucionarse con habilidad y discreción, con prontitud y eficiencia.

—¡Oye! —dijo Carol.

—¿Eh?

—Despierta y mírame, pedazo de masa inerte.

Sam se dio la vuelta hasta ponerse de lado, se apoyó sobre un codo y la miró con los ojos entornados por el sol.

—Se te ve bien —le dijo.

Y era verdad. El bañador azul pálido resaltaba su piel morena. Tenía el pelo negro, áspero y brillante, herencia del remoto porcentaje de sangre india que, inevitablemente, había dado nombre a las tres embarcaciones que habían tenido hasta la fecha. Sus ojos eran penetrantes, oscuros y grandes. Su nariz, que ella odiaba, tenía el puente alto y estaba ligeramente curvada. A él siempre le había gustado. Sus treinta y siete años se notaban en las arrugas del sol que tenía en las comisuras de los párpados y, quizá, en las venas del dorso de las manos, pero no en su figura alargada y grácil, ni en sus piernas ágiles y torneadas.

—No te estaba pidiendo un piropo —dijo ella con firmeza—. Se trata de un asunto serio. Presta atención.

—Sí, señora.

—Todo empezó el jueves, cuando volviste de la oficina. Estabas de cuerpo presente, pero en espíritu estabas ausente. Y ayer, lo mismo. Y hoy, otra vez. Quince años de matrimonio, remoto amigo, han dotado a esta chica de un equipamiento extrasensorial.

—Eso suena provocativo. Te sienta bien ese equipamiento.

—¡Silencio! Ni una insolencia más, Samuel. Nada de disimulos, ni de esquivar mis preguntas, caballero, haga el favor. Quiero saber. Hace un momento estabas frunciendo el ceño mucho más de lo que requiere este sol. Cuando algo te está reconcomiendo, yo me doy cuenta.

—En todo New Essex me llaman Sam el Sutil. Nadie sabe lo que estoy pensando. Es imposible sondear mi sonrisa de Gioconda. Puedo ir recogiendo cartas para construir mi escalera de color interior sin perder la cara de póquer. Pero tú tienes una habilidad asombrosa para...

—Por favor —dijo ella con un tono de voz muy distinto.

Entonces Sam supo que tenía que contárselo.

Abrió la nevera portátil y sacó otra lata de cerveza. La abrió y le ofreció, pero ella negó con la cabeza. Se bebió un tercio de la lata de un trago.

—De acuerdo. Pero tienes que comprender que de naturaleza soy un tipo angustiado. Todo nos va tan bien que me estoy volviendo supersticioso. No quiero que se vuelque el precioso carrito de manzanas de nuestra vida.

—Puedo compartir esa angustia contigo.

—O a lo mejor reírte de mí y quitármela de la cabeza. Eso espero. El jueves pasó algo extraño cuando salí de la oficina. Pero eso no es el punto de partida. El asunto comienza con cierto viaje al extranjero que es posible que recuerdes.

Sabía que ella se acordaba. Hubo un único viaje, en 1943, cuando el teniente primero Samuel B. Bowden, del Departamento del Auditor Militar General, se marchó en un prolongado crucero a bordo del vetusto Conde de Biancamano de la Marina de Estados Unidos. Se embarcó luciendo su palidez del Pentágono y, finalmente, terminó en Nueva Deli, en la oficina central del Teatro de Operaciones de China-Birmania-India.

—No pienso olvidarlo, amor. Estuviste ausente durante bastante tiempo. Un buen pedazo de mi vida. Uno malo, he de decir.

—Hace mucho que no me oyes repasar el simposio Bowden de las desternillantes historias de la guerra, pero ¿por casualidad recuerdas mi anécdota sobre Melbourne? No era muy graciosa.

—Más o menos. Déjame pensar... Desembarcaste allí y te metiste en no sé qué lío y el barco se fue sin ti porque tenías que testificar, y nunca llegaste a recibir aquel baúl que empaquetamos con tanto cariño.

—Fui un testigo clave en un consejo de guerra. Un caso de violación.

—Sí, me acuerdo. Pero no recuerdo cómo llegaste a ser testigo.

—Entre varios habíamos tomado una habitación de hotel y yo me emborraché con cerveza australiana. La hacen con martillos pedreros destilados. Era una noche de junio y hacía frío. Decidí que lo que necesitaba era volver al barco dando un paseo. Eran las dos de la madrugada. Después de perderme completamente por las calles, oí un gimoteo en un callejón.

Pensé que era un cachorro de perro o un gatito. Pero era una niña. Tenía catorce años.

Sam sabía que el sabor especial de su medio borrachera de aquella noche jamás abandonaría su memoria. La gran ciudad de piedra con sus calles anchas y desiertas y unas pocas luces brillando. El eco de las suelas de sus zapatos retumbando como monedas entre muros desnudos. Iba tarareando «Roll Out the Barrel». La canción resonaba estupendamente cuando pasaba frente a la entrada de los callejones.

Decidió que podía meter un cachorro o un gatito a escondidas en el barco. Y después se detuvo, mirando sin comprender las pálidas piernas abatidas y el brutal ritmo del atacante, y oyendo el gimoteo animal, el carnoso chasquido del puño de él contra la cara de ella. Cuando por fin comprendió, le llegó una ira feroz. Arrancó al soldado de encima de la chica y, mientras este se tambaleaba para ponerse en pie, lanzó a ciegas y con todas sus fuerzas un puñetazo y sintió en los nudillos el duro borde de la mandíbula. Por un instante, el hombre forcejeó débilmente con él, y después resbaló hasta caer al suelo, se tumbó boca arriba y, para su asombro, se puso a roncar. Sam salió corriendo del callejón y, unos instantes después, consiguió detener un jeep de la Guardia Costera.

Lo retuvieron hasta el consejo de guerra. La chica tenía catorce años, era alta para su edad y muy poco agraciada. Su padre se había puesto enfermo aquella noche y ella se dirigía a casa de su tía para buscar ayuda cuando el soldado borracho, Max Cady, la atrapó y la arrastró al callejón.

—¿No lo ahorcaron?

—No. Pero faltó poco. Era un sargento primero de veinticinco años con siete años de servicio y más de doscientos días de combate en las islas. Lo habían sacado de allí con un caso grave de úlcera tropical y de neurosis tropical y lo habían enviado a descansar a una base cerca de Melbourne. Era su primera visita a la ciudad. Estaba borracho. Ella parecía mayor de lo que era, y estaba en la calle a las dos de la madrugada...

—Aun así...

—Lo condenaron a cadena perpetua y trabajos forzados.

Recordaba el aspecto que tenía el sargento en el tribunal. Parecía un animal. Taciturno, feroz y peligroso. Y con un gran poderío físico. Sam lo miró y se dio cuenta de la suerte que tuvo con aquel puñetazo. Cady miraba a Sam desde el otro extremo de la sala como si gozara pensando en matarlo con sus propias manos. El pelo oscuro le crecía desde muy abajo en la frente. Boca y mandíbula protuberantes. Ojos marrones y pequeños, hundidos en unas cuencas de aspecto simiesco. Sam podía ver lo que pensaba Cady de él. Un agradable y limpio teniente que no había entrado en combate. Un entrometido luciendo su bonito uniforme al que jamás habían disparado a matar. Un guapo teniente que debería haber salido del callejón y seguir su camino, dejando en paz a un soldado de verdad.

—Sam, cariño, no estarás diciendo que...

Carol tenía una expresión atemorizada en el rostro.

—Por favor, no te angusties. No te pongas nerviosa, nena.

—¿Viste a ese hombre el jueves? ¿Lo han soltado?

Sam suspiró.

—Nunca me dejas acabar de contarte las cosas. Sí. Lo han soltado.

Jamás hubiera pensado que Max Cady emergería de pronto del pasado. Lo cierto es que se había olvidado de todo aquel asunto. Demasiadas impresiones durante aquellos años en el extranjero habían difuminado su recuerdo. Había vuelto a casa en 1945 con el rango de capitán. Trabó amistad con su coronel, un hombre llamado Bill Stetch, y después de la guerra vino a New Essex invitado por Bill y entró a trabajar en su bufete.

—Cuéntamelo. ¿Cómo es él? ¿Cómo es posible que te haya encontrado?

—No creo que vaya a ser un problema. Puedo manejar el asunto. En fin, el jueves, cuando me dirigía al aparcamiento, se puso a caminar a mi lado un hombre que me pareció no haber visto nunca antes. Me sonreía de una manera rara. Pensé que estaba loco.

—¿Podemos meternos ya? ¿Podemos? ¿Ya se puede? —gritaba Bucky con su voz aguda mientras corría hacia ellos.

Sam miró su reloj.

—Has estado perdiendo el tiempo, mi pequeño y descuidado amigo. Podías haberte metido hace cinco minutos.

—¡Eh, Jamie! ¡Ya podemos!

—Bucky, espera un momento —dijo Carol—. No vayas más allá de esa roca. Ni tú *ni* Jamie. ¿Entendido?

—Nancy va *mucho* más lejos.

—Cuando tú apruebes los exámenes de socorrista como ella, también podrás ir *mucho* más lejos —dijo Sam—. No protestes. E intenta no levantar mucho la cabeza al nadar.

Observaron cómo los dos niños se metían en el agua. Nancy y su amigo se pusieron de pie. Ella saludó a sus padres con la mano y caminó hacia la popa del Sweet Sioux mientras se metía el pelo oscuro bajo el gorro de nadar. Sam la miró y se sintió triste y viejo al ver lo rápido que había madurado su esbelta figura. Como siempre, agradeció a sus dioses privados que Nancy hubiera salido a su madre. Los dos niños habían salido a él: pelo cobrizo, complexión huesuda, ojos azul pálido, pecas, dientes demasiado grandes. Era evidente que, al alcanzar la madurez, ambos serían como su padre: hombres indefectiblemente flacos, desgarbados, fibrosos, altos, físicamente indolentes y dotados de un vigor nervioso. Habría sido trágico que Sam hubiera legado aquel destino a su única hija.

—Era aquel sargento, ¿verdad? —dijo Carol con voz queda.

—El mismo. Había olvidado su nombre. Max Cady. Han revisado su sentencia. Lo dejaron libre en septiembre. Cumplió trece años de trabajos forzados. No habría podido reconocerlo. Mide como uno ochenta, es ancho y corpulento. Está bastante calvo, tiene un bronceado muy oscuro y parece que no se le podría hacer daño ni con un hacha. Los ojos son iguales que entonces, y también la boca y la mandíbula, pero nada más.

—¿Te amenazó?

—No de manera explícita. Él tenía el control de la situación. Y estaba disfrutando. Me decía una y otra vez que nunca «me habían puesto al día», que «no había visto el panorama». Y no dejaba de sonreírme. Nunca he visto una sonrisa tan extraña. O unos dientes tan blancos y tan artificiales a la vez. Él sabía condenadamente bien que me estaba incomodando. Me siguió hasta el aparcamiento y yo me subí a la ranchera y encendí el motor. Entonces, con la rapidez de un gato, sacó la llave del contacto por la ventanilla y se quedó ahí apoyado, mirándome. El coche era como un horno. Yo estaba cubierto de sudor. No sabía qué demonios hacer. No podía intentar quitarle la llave. Eso era absurdo.

—¿No podías salir del coche y buscar a un policía?

—Supongo que sí. Pero no me parecía muy... digno. Habría sido como ir corriendo a la profesora. Así que me quedé escuchando. Estaba muy orgulloso de la forma en que me había encontrado. Cuando el oficial encargado de su defensa me interrogó, salió a colación que obtuve mi título de abogado en la Universidad Estatal de Pennsylvania. Así que Cady se fue a Filadelfia e hizo que alguien comprobase el registro de alumnos; esa fue la manera en que consiguió la dirección de casa y del trabajo. Quería explicarme lo que significan trece años de trabajos forzados. No dejaba de llamarme teniente. Hacía que sonase como una palabra obscena. Me dijo que, como estamos en junio, es una especie de aniversario para los dos. Y que llevaba catorce años pensando en mí. Y que se alegraba de que me fuera tan bien. Dijo que no le hubiera gustado dar conmigo y descubrir que tengo un montón de problemas.

—¿Qué... qué es lo que quiere?

—Lo único que me dijo es que quería asegurarse de que estoy al tanto, de que capto todo el panorama. Yo estaba allí sentado, sudando. Al final le pedí la llave del coche y me la devolvió. También intentó darme un puro. Tenía el bolsillo de la camisa lleno de puros. Me dijo que eran buenos puros. Veinticinco centavos cada uno. Mientras yo daba marcha atrás, me dijo, sonriendo todavía: «Deles recuerdos a su mujer y a los niños, teniente».

—Da escalofríos...

Sam se preguntó si debía contarle el resto. Enseguida supo que debía hacerlo. Carol tenía que saberlo todo para que tomara precauciones... en caso de que fuera necesario.

—Y ahora respira hondo, mi vida —le dijo, dándole unas palmaditas en la mano—. Puede que esto que te voy a decir sean imaginaciones mías. Espero que sí. Pero es lo que me ha estado reconcomiendo. ¿Te acuerdas de que llegué tarde el jueves? Es porque Cady me retuvo media hora. Así que tuve una buena oportunidad de observarlo. Y cuanto más escuchaba, más sonaba una alarma en mi cabeza, cada vez más fuerte. No hay que ser un psicólogo profesional. De alguna manera, cuando una persona es diferente del resto, uno lo nota. Supongo que todos avanzamos en manada, por así decirlo. Y siempre hay pequeñas pistas para distinguir al animal que se queda aparte. Creo que Cady no está en su sano juicio.

—¡Dios mío!

—Me parecía que tenías que saberlo. Puede que me equivoque. No sé qué términos usarían los doctores. ¿Paranoide? No tengo ni idea. Pero es incapaz de culparse a sí mismo. Intenté decirle que fue culpa suya. Y él me contestó que cuando una chica es lo bastante alta, ya es lo bastante mayor, y aquella no era más que otra zorra australiana. Que yo no me enteraba. Que no veía el panorama. Creo que ya por entonces era uno de esos típicos soldados del ejército regular que desprecian a los oficiales hagan lo que hagan. Y ha terminado creyendo que el incidente del callejón fue algo perfectamente normal. Así que yo le he robado trece años de su vida y tengo que pagar por ello...

—Pero eso él no lo dijo...

—No. No lo dijo. Se lo estaba pasando en grande. Sabía que me estaba haciendo sufrir... ¿Qué ocurre?

Carol tenía los ojos muy abiertos y enfocados. Estaba mirando por encima del hombro de Sam.

—¿Cuánto hace que ha llegado a New Essex?

—No lo sé. Me da la impresión de que lleva por aquí varias semanas.

—¿Tenía coche?

—No lo sé.

—¿Cómo iba vestido?

—Pantalones caqui, no muy limpios. Una camisa informal blanca de manga corta. No llevaba sombrero.

—Hace como una semana pasó algo. Quizá no sea nada... Creo que fue el miércoles de la semana pasada. Por la mañana. Los niños estaban en el colegio. Oí a la tonta de Marilyn desgañitándose y me imaginé que le ladraba a alguna presa increíblemente peligrosa, una ardilla o algo parecido, que se habría subido a un árbol. Así que no presté atención hasta que le oí dar un aullido agudo. Entonces salí al jardín. La vi volviendo por el prado, con la cola entre las patas, mirando hacia atrás, hacia la carretera. Había un coche gris bastante destartalado aparcado en lo alto de la cuesta, y un hombre estaba sentado en nuestra cerca de piedra, mirando hacia la casa. Estaba a casi cien metros de distancia. Me dio la impresión de que era un hombre gordo, y era calvo, y se estaba fumando un puro. Me lo quedé mirando, pero no se movió. No supe qué hacer. Suponía que Marilyn le había ladrado a él, pero no podía estar segura de que el hombre le hubiese tirado una piedra o algo así. Con que hubiera fingido tirarle una, nuestra valiente perra, la mejor compañera del hombre, habría reaccionado de la misma manera. Y yo no sabía si sentarse en la cerca constituye allanamiento... La cerca marca el límite de nuestra propiedad... Así que Marilyn entró en la casa y se metió debajo del sofá del comedor. Aquel hombre me ponía más bien incómoda. Ya sabes que el lugar es un poco solitario. Me dije que sería un vendedor o algo así y que le habían gustado las vistas, así que se había detenido para sentarse y echar un vistazo. Cuando miré por segunda vez, seguía allí. Pero a la tercera ya no estaba. No me gusta nada pensar que era... él.

—A mí tampoco. Pero supongo que lo mejor es asumir que era él. Maldita sea, deberíamos hacernos con un perro mejor...

—No hay perros mejores. Marilyn no es valiente, que digamos, pero es tan buena... Mírala.

Marilyn, despertada de su sueño por los gritos y el chapoteo de los niños, se había metido en el lago. Era una setter esterilizada con un hermoso pelaje rojizo y una buena silueta. Iba pataleando por el agua detrás de los críos, dando agudos ladridos de placer y excitación.

—Ahora te he deprimido —dijo Sam con un buen humor que no sentía—. Pero también puedo ver el lado positivo de las cosas. Aunque el estupendo bufete Dorrity, Stetch y Bowden solo hace trabajo corporativo y patrimonial y se ocupa de asuntos de impuestos, tengo amigos en el cuerpo de policía. En esa pequeña y recoleta ciudad de ciento veinticinco mil habitantes, Sam Bowden es una persona razonablemente conocida, y quizá hasta respetada. Lo suficiente como para que surja la idea de que algún día me presente a algún cargo...

—Por favor, ni se te ocurra.

—Lo que quiero decir es que pertenezco al club. Y los miembros del club protegen a los demás miembros del club. Ayer comí con Charlie Hooper, el joven y brillante fiscal del municipio, y le conté la historia.

—Seguro que hiciste que sonara como una especie de broma...

—No me temblaban las manos, ni tenía pinta de afligido, pero me parece que le di a entender que me preocupa el asunto. Creo que Charlie no lo consideró un problema grave. Tomó nota del nombre y de la descripción. Si no recuerdo mal, dijo en un tono refinado que iba a hacer que «los chicos lo espabilaran». Al parecer, eso significa que los agentes de la ley pueden encontrar en el reglamento distintos medios para ejercer una fuerte presión sobre un ciudadano indeseable de manera que este decida marcharse a lugares más cómodos.

—Pero ¿cómo estaremos seguros de que se ha marchado? ¿Y cómo sabremos que no vuelve en secreto?

—Ojalá no hubieras hecho esa pregunta, cielo. Eso es justo lo que he estado pensando...

—¿Y por qué no lo meten en la cárcel?

—¿Con qué motivo? Dios mío, qué bonito sería poder hacer eso, ¿no? Un sistema legal completamente nuevo. Encarcelar a la gente por lo que pueda hacer. ¡El totalitarismo llega a New Essex! Escúchame, cielo. Supongo que siempre hablo a la ligera cuando me refiero al ejercicio de la abogacía. A los abogados de hoy nos horroriza que vean que somos profesionales dedicados. Pero yo creo en la ley. Es una estructura desvencijada, torpe y exasperante, y contiene injusticias, y a veces me pregunto cómo es posible que sobreviva. Pero, en sus fundamentos, es una estructura ética, basada en la inviolabilidad de la libertad de cada ciudadano. Y en la mayoría de los casos, la condenada funciona. En estos años de mediados del siglo, un montón de gente ruin ha intentado darle a machetazos una nueva forma, pero el viejo monstruo testarudo se niega a que lo alteren. Detrás de los calendarios saturados y de los jueces sobrecargados de trabajo y de la legislación impracticable hay un robusto armazón que implica igualdad ante la ley. Y me gusta. Yo vivo en ella. Me gusta de la misma forma que a uno le gusta una vieja casa. Hay corrientes de aire y ruidos raros, y calentarla supone un suplicio, pero la madera es tan sólida como el día en que fue construida. De modo que quizá la esencia de mi filosofía es que este asunto de Cady debe manejarse dentro de la ley. Si la ley no puede protegernos, entonces he dedicado mi vida a una mera leyenda y será mejor que despierte.

—Supongo que tengo que quererte aunque seas así..., o quizá porque eres así, viejo letrado. Nosotras las mujeres somos más oportunistas. Yo sería capaz de coger ese maldito rifle tuyo y derribar de un tiro a ese hombre de nuestra cerca si volviera.

—Eso es lo que tú te crees. Pero ¿no deberían estos dos vejestorios probar el agua con los jovenzuelos?

—De acuerdo. Pero no empieces a tomarle el pelo a Pike otra vez. El chico se muere de la vergüenza.

—Solo hago mi papel de jovial padre de la novia.

Fueron caminando hacia el agua. Carol levantó la vista hacia él y le dijo:

—No vuelvas a quedarte ausente, Sam. Por favor. No me ocultes lo que está pasando.

—No lo haré. Y no te preocupes, lo que ocurre es que las cosas nos van tan bien que me vuelvo supersticioso.

—Sí, nos van bastante bien...

Cuando entraban en el agua, Nancy trepó a la popa del Sweet Sioux. Las gotas de agua centelleaban en sus hombros desnudos. Sus caderas, que hacía muy poco eran flacas, habían comenzado a hincharse con formas de mujer. Se puso de pie en el borde y se lanzó limpiamente de cabeza.

Carol le tocó el brazo a Sam.

—Esa chica. ¿Cuántos años tenía?

—Catorce —dijo él. La miró a los ojos, le tomó la muñeca y la sujetó con fuerza—. Escúchame bien. Detén esos pensamientos. Detenlos ya.

—Pero tú también los has tenido.

—Solo por un instante, cuando sacaste tu pequeña conclusión. Y los dos vamos a descartar ese nauseabundo y pequeño pensamiento ahora mismo.

—Sí, señor.

Carol sonrió. Pero esa sonrisa no emanaba de su rostro de manera adecuada y como siempre. Se miraron un instante más y después se metieron en el agua. Sam nadó con furiosa energía, pero no consiguió dejar atrás el pequeño tentáculo pegajoso de miedo que se le había adherido al corazón.

CAPÍTULO DOS

El martes por la mañana, Sam Bowden se encontraba en su oficina (junto a un joven abogado llamado Johnny Karick, que llevaba menos de un año trabajando para Dorrity, Stetch y Bowden) repasando un informe administrativo del Banco de New Essex, cuando Charlie Hopper telefoneó para decir que andaba por allí y preguntar si le venía bien que se pasase un par de minutos por la oficina.

Sam despachó rápidamente con Johnny y lo envió de vuelta a su cubículo para que escribiera un resumen del informe. Llamó a Alice, que estaba a cargo de la centralita y de la recepción, y le dijo que hiciese pasar al señor Hopper en cuanto llegase.

Charlie entró unos minutos después y cerró la puerta tras de sí. Era un hombre de treinta y pocos años, con un rostro feo y bienhumorado, considerable energía y ambición y una actitud indolente pero calculada.

Se sentó, alargó el brazo hacia la pitillera y dijo:

—Paredes de madera oscura, conversaciones en susurros, archivos que retroceden en el tiempo hasta el Código de Hammurabi... y el suculento olor y suave susurro del dinero. Un payaso trabajador como yo debería entrar aquí de puntillas. Cuando paso un tiempo sin venir, se me olvida cómo unos fulanos elegantes como vosotros lográis que este negocio parezca casi respetable.

—Te morirías de aburrimiento aquí, Charlie. Me paso la mitad del tiempo afilando aplicadamente mis lápices.

Charlie suspiró.

—Yo ando por ahí fuera en mitad del tumulto de todas las reuniones del Consejo Comunitario, y de la Junta de Zonificación, y de la Junta de Planificación... Sudor honesto, Samuel. Dime, ¿por qué ya nunca vienes por el tribunal y te tomas algo en la taberna de Gil Brady?

—Últimamente no he tenido ningún asunto en el tribunal. Y eso es un signo de eficiencia.

—Lo sé, lo sé... Bueno, ya he puesto en marcha el asunto de tu viejo amigo. Está viviendo en una pensión en el doscientos once de Jaekel Street, junto a la esquina de Market Street. Se registró el quince de mayo. Ha pagado por adelantado hasta finales de junio. Estamos solo a once, así que aún planea quedarse un tiempo. Nuestros chicos de azul comprueban allí los registros con bastante frecuencia. Conduce un sedán Chevy de color gris fabricado hace unos ocho años. Matrícula de West Virginia. Ayer por la tarde lo detuvieron en un bar de Market Street. El capitán Mark Dutton dice que no armó jaleo. Muy apacible y paciente con todo el asunto.

—¿Lo dejaron irse?

—O ya lo han hecho o estarán a punto. Han hablado con Kansas y allí les dijeron que lo pusieron en libertad en septiembre. Le hicieron explicar de dónde ha sacado el dinero y dónde ha conseguido el coche. Después comprobaron que la información es correcta. Proviene de un pueblo pequeño de las montañas cerca de Charleston, en West Virginia. Cuando salió de la cárcel volvió allí. Su hermano había estado trabajando en Charleston y viviendo en la casa familiar. Cuando Max volvió, la vendieron y se repartieron el dinero. Él se llevó unos tres mil pavos, que lleva metidos en una especie de riñonera. En Charleston dicen que está limpio, y también en Washington. La matrícula del coche y el permiso de conducir están en regla. Han registrado el vehículo y la habitación. No tiene armas. Nada fuera de lo normal. Así que han tenido que dejarlo marchar.

—¿Dijo por qué ha venido aquí?

—Dutton manejó el asunto como dijimos. No se mencionó tu nombre. Cady afirmó que le gustaba el aspecto de la ciudad. Dutton me contó que sonaba muy tranquilo, muy plausible.

—¿Le explicaste bien la situación a Dutton?

—No lo sé. Creo que sí. A Dutton le gusta tan poco como a ti que haya tipos como él por aquí. Así que le tendrán echado el ojo. Si escupe en la acera, le costará cincuenta dólares. Si conduce un kilómetro por hora por encima del límite, le pondrán una multa. Le acusarán de ir borracho y armar jaleo cuando lo vean saliendo de un bar. Lo pillará a la primera y se irá por donde vino. Todos lo hacen.

—Charlie, te agradezco lo que has hecho. De verdad que sí. Pero tengo la sensación de que no se va a asustar.

Hopper aplastó su cigarrillo en el cenicero.

—¿Estás mal de los nervios?

—Puede ser. Y quizá cuando nos vimos el viernes no supe transmitir del todo mi preocupación. Creo que Cady es un psicópata.

—Si eso es así, Dutton no lo percibió. ¿Qué crees que quiere?

—No lo sé. Tengo la sensación de que su intención es hacerme algo para dañarme tanto como pueda. Cuando se tiene mujer y tres hijos y se vive en el campo, uno se puede asustar un poco.

Le contó a Charlie el incidente del coche aparcado y del hombre sentado en la cerca. El hecho de que Carol recordase que era un coche gris volvía más probable que fuera Cady.

—Tal vez solo quiere darte un buen susto.

Sam forzó una sonrisa.

—Pues le está saliendo bien.

—A lo mejor puedes intentar otra cosa, Sam... ¿Conoces a la gente de Apex?

—Sí, claro. Hemos trabajado con ellos.

—Es una organización a nivel nacional. En algunos sitios no cuentan con mucho peso, pero por aquí tienen buen personal, y estoy pensando en un tipo en particular... Sievers, se llama. Está bien entrenado. Formado en el Cuerpo de Contrainteligencia, según tengo entendido. Y también ha hecho trabajo policial. Es duro como una nuez y frío como una serpiente. No te saldrá barato, pero es posible que sea dinero bien gastado. ¿Conoces al director?

—Anderson. Sí.

—Llámalo y mira a ver si te puede enviar a Sievers.

—Sí, creo que lo voy a hacer.

—¿Tienes la dirección de Cady?

—La he apuntado. Doscientos once de Jaekel Street, junto a la esquina con Market Street.

—Eso es.

Sievers acudió a la oficina a las cuatro y media. Se sentó sin decir nada y atendió al relato de Sam. Era un hombre de cabeza cuadrada y rostro gris que podía tener cualquier edad entre los treinta y cinco y los cincuenta años. La barriga le abultaba por encima del cinturón. Tenía las manos muy grandes y muy blancas. Su cabello era incoloro y sus ojos oscuros parecían hechos de losa pesada. No hacía ningún movimiento innecesario. Escuchó a Sam sentado y silencioso como una tumba, e hizo que este se sintiera un alarmista.

—¿Le habló el señor Anderson de nuestros honorarios? —preguntó Sievers con una voz remota.

—Sí. Y le he prometido mandarle de inmediato un cheque por correo.

—¿Cuánto tiempo quiere que vigile a Cody?

—No lo sé. Lo que quiero es... saber qué está planeando para hacerle daño a mi familia.

—Nosotros no leemos las mentes.

Sam notó la cara arderle.

—Soy consciente de ello. Y no soy una mujer histérica, Sievers. He pensado que si usted lo observa, podría obtener algún indicio de lo que tiene en mente. Quiero saber si va a mi casa, por ejemplo.

—¿Y si va?

—Dele todo el margen que le parezca seguro. Sería de mucha ayuda si pudiéramos conseguir pruebas de sus intenciones para inculparlo.

—¿Cómo quiere recibir los informes?

—Bastará con informes verbales. ¿Puede empezar ya mismo?

Sievers se encogió de hombros. Ese fue el primer y único gesto que hizo.

—Ya he empezado.

Dejó de llover justo antes de que Sam saliera de la oficina aquel martes. El sol del atardecer emergió de entre las nubes justo cuando se abría paso entre el tráfico y se incorporaba a la Ruta 18. La carretera seguía el contorno del lago durante ocho kilómetros a través de una zona de complejos vacacionales en los que cada año construían más viviendas. Después se curvaba en dirección sudoeste, hacia el pueblo de Harper, a doce kilómetros, atravesando ondulantes terrenos de cultivo y dejando atrás grandes urbanizaciones de reciente creación.

Entró en el pueblo, rodeó dos lados de la plaza central y, en el semáforo, giró a la derecha por Milton Hill Road hacia su casa, que estaba justo fuera del municipio. En 1950 habían buscado con denuedo hasta que por fin encontraron aquella gran casa de campo, y durante mucho tiempo dudaron acerca del precio. Pidieron varios presupuestos para modernizarla. Pero tanto él como Carol sabían que estaban atrapados. Se habían enamorado de aquel viejo caserón. Estaba situado en un terreno cultivable de cuatro hectáreas, todo lo que quedaba de la antigua finca. Había olmos y robles y una hilera de álamos. Todas las ventanas de la fachada principal daban a un lejano paisaje de suaves colinas.

El arquitecto y el contratista habían hecho cada uno un trabajo soberbio. La casa principal era de ladrillo pintado de blanco y estaba situada bastante lejos de la carretera. El largo camino de entrada estaba situado a la derecha de la casa y llegaba hasta una construcción en la parte trasera que había sido un establo y a la que seguían llamando así, aunque ahora se utilizaba principalmente para alojar el Ford ranchera y el intrépido, honrado y enérgico MG de Carol. El establo era también de ladrillo pintado de blanco. La planta de arriba, que había sido un pajar, era el área de los niños. Marilyn, no sin algún gimoteo de alarma, podía subir la escalerilla adosada a la pared, pero luego había que bajarla en brazos, con la cola pegada a la tripa y los ojos girados.

Cuando Sam avanzaba por el camino de entrada, por primera vez deseó tener vecinos. Desde la casa se veía el extremo superior del tejado de Turner y algunas granjas en las lejanas colinas; eso era todo. Había muchas casas a lo largo de la carretera, las suficientes como para que a veces pareciera que toda la población de la escuela central acudía a la casa de los Bowden los fines de semana y los días festivos, pero ninguna estaba muy cerca.

Condujo hasta el establo. Marilyn entró bailoteando, correteando y sonriendo, implorando la atención de siempre. Sam, mientras la acariciaba, hizo un recuento de las bicicletas y vio que, de los tres niños, solo Bucky estaba en casa. No le gustaba imaginarse a Nancy y a Jamie en la carretera. Siempre estaba preocupado por el tráfico, pero ahora había una preocupación más. Sin embargo, no veía cómo ordenarles que no abandonasen la finca.

Carol salió de la casa y se encontró con él en mitad del jardín trasero. Le dio un beso y le dijo:

—¿Sabes algo de Charlie?

—Sí. Pensé en llamarte, pero me pareció que podía esperar.

—¿Buenas noticias?

—Bastante buenas. Es una larga historia. —Se la quedó mirando—. Te veo fatídicamente arreglada, mujer. Espero que no haya una fiesta de la que me he olvidado...

—Oh, ¿esto? Es solo para subirme la moral. Estaba preocupada, así que me he puesto de punta en blanco. De todas formas, es como suelo vestirme, ¿no te habías dado cuenta? Todos los artículos sobre un matrimonio feliz dicen que tienes que arreglarte para tu maridito todas las noches...

—Pero no tanto.

Entraron en casa por la cocina. Sam se preparó un combinado y se lo llevó escaleras arriba para bebérselo mientras se duchaba y se cambiaba. Cuando salió de la ducha, vino Carol, se sentó en el borde de la cama y escuchó su relato de la conversación con Charlie y, después, con Sievers.

—Me gustaría que lo pudieran arrestar por algo que haya hecho, pero, de todas formas, me parece bien lo de Sievers. ¿Tiene aspecto... eficiente?

—No sabría decirte. No es el tipo más simpático del mundo. Charlie dice que es de los mejores.

—Charlie sabrá, ¿no?

—Charlie sabrá. No estés tan tensa, nena. El mecanismo está en funcionamiento.

—¿Va a ser terriblemente caro?

—No mucho —mintió Sam.

—Cualquier día de estos te voy a tirar esa camisa azul.

Él se la abotonó mientras miraba a Carol con una sonrisa maliciosa.

—Si esta se va, yo también —dijo.

—¡Es horrorosa!

—Ya lo sé. ¿Dónde están los niños?

—Bucky está en su habitación. Él y Andy están diseñando un avión, me han dicho. Jamie está en casa de los Turner y lo han invitado a quedarse a cenar. Nancy debería estar a punto de volver del pueblo.

—¿Está con alguien?

—Se fue con Sandra en bici.

Sam se acercó al escritorio, dio otro trago a su bebida y volvió a dejar el vaso. Miró a Carol. Ella sonrió.

—Me parece que no hay nada que podamos hacer, cariño. A los primeros colonos les pasaba todo el tiempo. Indios y animales salvajes. Así era. Es como si hubiera un animal escondido por allí, en el bosque junto al arroyo.

Sam le dio un beso en la frente.

—Pronto habrá terminado.

—Más vale que sea así. A mediodía tenía hambre, pero de pronto no podía tragar. Y quería ir al colegio y mirarlos uno a uno. Pero no fui. Estuve quitando malas hierbas como una frenética hasta que el autobús los dejó delante de casa.

Sam podía ver la avenida desde el dormitorio, y vio a Nancy yendo en bicicleta hacia el establo, volviéndose para saludar y para gritarle algo por encima del hombro a alguien que su padre no podía ver. Seguramente, Sandra. Llevaba pantalones tejanos cortos y una blusa roja.

—Ahí está la buena de Nance —dijo Sam—, justo a tiempo.

—Por usar sus propias palabras, está perdidamente colgada de Pike. Parece ser que hay una chica nueva en el colegio. Una con el pelo rubio platino. Así que ahora Pike es un zorugo.

—¿Un zorugo?

—Para mí también es nuevo. Al parecer, es una combinación de zopenco y tarugo. Nance se dignó proporcionarme la traducción con una impaciencia infinita. «¡Oh, madrrre!».

—Lo adopto. Pike Foster es un zorugo. Está clarísimo. Me alegro de que haya terminado la fase con ese chico. Está demasiado corpulento y musculoso para un chico de quince años. Y cuando trato de darle conversación, se ruboriza y se me queda mirando y se ríe con la risa más horriblemente vacua que he oído.

—No sabe cómo comportarse contigo. Eso es todo.

—Yo no tengo nada de opaco. Lo que ocurre es que las palabras de más de dos sílabas lo deslumbran. Es un auténtico hijo de la época televisiva. Y de ese maldito colegio, y de sus malditas teorías educativas. Y antes de que me sueltes tu habitual respuesta arrogante, *no* pienso apuntarme a la asociación de padres de alumnos para intentar cambiar las cosas.

Fueron a la planta de abajo. Nancy estaba sentada sobre una encimera de la cocina hablando por teléfono. Les echó una mirada de aburrida impotencia, tapó el micrófono con la mano y dijo en un susurro sibilante:

—Esta noche tengo que estudiar sí o sí.

—Entonces cuelga —dijo Sam.

Se oyó un sonido como de un caballo más bien desnutrido que bajase al trote las escaleras de atrás. Bucky y su mejor amigo, Andy, atravesaron la cocina, salieron por la puerta mosquitera y bajaron los escalones rumbo al establo. El cilindro neumático que cerraba la puerta mosquitera emitió un suspiro.

—Hola, papá —dijo Sam—. Hola, hijo. Hola, Andy. Hola, señor Bowden. ¿Qué hacéis, muchachos? Pues vamos al establo, papá. Muy bien. ¡Hala, a correr!

Nancy, mientras escuchaba embelesada la voz al otro lado del teléfono, se había quitado una sandalia con el otro pie, y con los dedos libres estaba intentando abrir el pestillo de la alacena que había bajo la encimera. Carol había abierto el horno de pared y miraba lo que fuera que había dentro con expresión dudosa y hostil. Carol era una cocinera decente pero emocional. Hablaba con los ingredientes y los utensilios. Cuando algo no salía bien, nunca era culpa suya, sino un acto de rebelión deliberada: las malditas remolachas habían decidido evaporar toda el agua; el estúpido pollo no quería relajarse.

Sam se sirvió otra copa y fue a sentarse a la mesa de caballete. Abrió el periódico de la tarde, pero, antes de empezar a leer, miró en torno a la cocina. Carol había decidido en gran parte el diseño. Había mucho acero inoxidable. Era una estancia grande. Ocupaba el espacio de lo que antes eran la cocina original, una despensa y un pequeño almacén. Una isla central, con fregadero y fogones, separaba el área de trabajo del área para comer. Las alacenas y los aparadores eran de madera de pino oscura. La gran ventana daba a la colina boscosa que había detrás del establo. Cazuelas de cobre de tamaño decreciente colgaban contra una pared de pino. Había un pequeño hogar de piedra en bruto junto a la mesa de caballete. Al principio a Sam no le había gustado mucho. No se sentía cómodo en aquella estancia. Demasiado parecida a una foto de revista, había dicho. Demasiado cobre pintoresco. Pero ahora le gustaba mucho, y era el lugar que más se usaba de toda la casa. El comedor, más bien severo, con sus enmaderados blancos y sus paredes de color azul Williamsburg, quedó pronto reservado para las ocasiones solemnes. En la mesa de caballete podían sentarse cómodamente cinco personas.

Cuando Nancy colgó y volvió a ponerse la sandalia, Sam dijo:

—Me han chivado que tienes competencia, Nance.

—¿Qué? ¡Ah, *eso*! Madre te lo ha dicho. Es una completa y total asquerosilla. Con sus encajes y *zu zimpático zezeo* y sus *enodmez* ojazos de princesita... A todas nos parece que intenta parecerse a Alicia en el País de las Maravillas. Los chicos estaban todos apelotonados a su alrededor. Una escena monstruosa. Nauseabunda. Y el pobre Pike... Como no tiene ni un poco de conversación, lo único que podía hacer era dar vueltas a su alrededor flexionando los músculos. Que le den.

—Esa sí que es una encantadora expresión femenina.

—Todo el mundo lo dice —repuso ella con tono lastimero—. Tengo que ponerme a estudiar sí o sí. De verdad.

—¿Qué tienes mañana, cariño? —preguntó Carol.

—Examen de Historia.

—¿Vas a necesitar ayuda? —preguntó Sam.

—Puede que con las fechas, pero más tarde. Me parece ridículo tener que aprenderme todas esas fechas asquerosas.

Sam miró el umbral por el que acababa de desaparecer su hija. Qué edad tan preciosa y precaria. Mitad niña y mitad mujer. Y cuando fuera por completo mujer, iba a ser extraordinariamente hermosa. Y eso crearía su especial colección de problemas propio.

Había dejado la tira cómica de Pogo para el final, y justo cuando estaba a punto de terminar de leer el periódico, oyó que Carol marcaba un número en el teléfono.

—¿Hola, Liz? Soy Carol. ¿Está portándose de manera razonablemente civilizada nuestro hijo mediano?... ¿Seguro? Vale. Tu Mike es un ángel perfecto cuando está aquí. Supongo que todos tienden a reaccionar de esa manera... Sí, por favor. Gracias, Liz... ¿Jamie? Cariño, no quiero que tú y Mike os despistéis con el estudio, ¿me oyes?... De acuerdo, cariño. Nada de poner los codos en la mesa, nada de masticar con la boca abierta, y en casa a las nueve y media. Adiós, cielo.

Colgó, se dio la vuelta y le echó una mirada culpable a Sam.

—Ya sé que es estúpido. Pero he empezado a preocuparme. Y llamar es tan fácil...

—Me alegro de que hayas llamado.

—Si sigo así, vamos a acabar todos neuróticos.

—Creo que es una buena idea vigilar a los niños más de cerca.

—¿Puedes, por favor, llamar a Bucky y enviar a Andy a su casa, cariño?

A las nueve, tras asegurarse de que Bucky se había ido a la cama, Sam fue hasta la habitación de su hija, que estaba al final del pasillo. Había una pila nueva de discos en el tocadiscos automático y la música sonaba a un volumen bajo. Nancy estaba sentada a su escritorio con un libro y un cuaderno abiertos. Llevaba puesto su albornoz rosa. Tenía el pelo revuelto. Volvió la cabeza hacia él con una mirada que denotaba un cansancio total.

—¿Te sabes las fechas?

—Supongo. Probablemente voy a fallar la mitad. Aquí está la lista, papá.

—¿Hasta los numerales los escribes inclinados hacia la izquierda?

—Es un rasgo personal.

—Desde luego que sí. ¿Ya no enseñan caligrafía en el colegio?

—Lo importante es que pueda leerse. Eso es lo que nos dicen.

Sam fue hasta la cama, movió el eterno canguro de peluche y se sentó. Le habían regalado a Sally cuando cumplió un año, y desde entonces había compartido con ella la cama dondequiera que estuviese. Ya no le mordisqueaba las orejas. Quedaba ya muy poco que mordisquear.

—¿Tenemos que hacer esto con la música de fondo de ese chaval con vegetaciones?

Nancy se inclinó hacia un lado y apagó el tocadiscos.

—Estoy preparada. Vamos a ello.

Sam enunció la lista y ella falló cinco. Veinte minutos después, ya las acertaba todas, aunque cambiase el orden. Era una niña brillante y muy competitiva. A su modo, su mente era agudamente lógica y ordenada, aunque no creativa. Bucky era como Nancy. Jamie era el soñador, el estudiante lento, el imaginativo.

Sam se puso de pie y le devolvió la lista, pero se lo pensó mejor y se sentó de nuevo.

—Charla parental —dijo.

—Creo que tengo la conciencia muy limpia. Al menos últimamente...

—Se trata de instrucción, cariño. Sobre tipos desconocidos.

—Dios, ya me has dicho eso doscientos millones de veces. Y mamá también. No te subas en el coche de nadie. No vayas sola al bosque. Nunca jamás hagas autostop. Y si alguien hace alguna cosa rara, corre como si te llevara el demonio.

—Esta vez es un poco diferente, Nance. Hay un hombre en concreto. Estaba casi decidido a no contarte nada, pero me parece que eso sería un poco estúpido. Ese hombre me odia.

—¿Que te odia *a ti*, papá?

Sam se sintió un poco molesto.

—Pues sí, es posible que alguien odie a tu manso, adorable y desgastado padre.

—No quería decir eso... Pero ¿por qué te odia?

—Testifiqué contra él hace mucho tiempo. Durante la guerra. Sin mi testimonio, no lo hubieran declarado culpable. Desde entonces ha estado en una prisión militar. Ahora lo han soltado. Y ronda por esta zona. Tu madre y yo creemos que ha llegado hace un par de semanas. Es posible que no haga nada. Pero tenemos que contar con que sí.

—¿Por qué lo metieron en la cárcel?

La miró unos instantes, evaluando su caudal de conocimientos.

—Violación. La víctima era una chica de tu edad.

—¡Caray!

—No es tan alto como yo. Es más o menos del tamaño de John Turner, y es tan ancho como él, pero no es un tipo fofo.

Está calvo y bastante moreno, y tiene unos dientes muy blancos y de aspecto muy falso. Viste muy mal y fuma puros. ¿Puedes recordar todo esto?

—Claro.

—No dejes que ningún hombre que responda a esa descripción se acerque a ti por ningún motivo.

—No, no. Caray, qué emocionante, ¿no?

—Si tú lo dices...

—¿Se lo puedo contar a los compañeros?

Sam dudó.

—No veo por qué no. Se lo voy a decir a tus hermanos. Su nombre es Cady. Max Cady.

Se puso de nuevo en pie.

—No te quedes estudiando hasta muy tarde, jovencita —dijo—. Te saldrá mejor el examen si duermes lo suficiente.

—Qué ganas de contárselo a los chicos. ¡Guau!

Sam forzó una sonrisa y le revolvió el pelo.

—Bah, no es para tanto. ¡El drama entra en la vida de la adolescente Nancy Ann Bowden! El peligro acecha a esta muchacha flacucha. Sintonícennos mañana para otro capítulo en la vida de esta joven estadounidense que sonríe con valentía mientras...

—¡Ya *basta*!

—¿Quieres que cierre la puerta?

—Ah, casi se me olvida. He visto a Jake en el pueblo. Dice que ahora tiene sitio para sacar el barco, y ya sabes cómo es, así que le dije que adelante y que podemos trabajar en el barco este fin de semana. ¿Te parece bien?

—Está bien, jovencita.

Cuando bajó las escaleras, Jamie ya había vuelto a casa. Carol estaba en proceso de ahuyentarlo en dirección a la cama. Sam le dijo que esperase un momento.

—Acabo de contarle a Nance lo de Cady —dijo.

Carol frunció el ceño.

—Pero ¿tú crees que...? Sí, entiendo. Me parece que es lo mejor, Sam.

—¿Qué pasa? —exigió saber Jamie.

—Escúchame bien, hijo. Te voy a contar una cosa y quiero que recuerdes todo lo que diga.

Le explicó la situación. Jamie escuchó atentamente.

—Se lo vamos a decir también a Bucky —añadió Sam—, pero no estoy seguro de que eso vaya a cambiar algo en su caso. Él vive en su propio mundo marciano. Así que quiero que te pegues más de lo habitual a tu hermano pequeño. Me doy cuenta de que eso puede fastidiarte alguna que otra vez la diversión, pero es un asunto serio, Jamie. No es un programa de televisión. ¿Lo harás?

—Claro. ¿Y por qué no lo detienen?

—No ha hecho nada.

—Apuesto a que podrían detenerlo. Los policías tienen pistolas que les han quitado a los asesinos muertos, ¿sabes? Entonces van a donde está el hombre y le meten la pistola del asesino en el bolsillo y luego lo detienen por llevar una pistola sin licencia y lo meten en la cárcel, ¿sabes? Y entonces ponen la pistola en un laboratorio y la miran a través de una cosa y ven que es la pistola de un asesinato y entonces lo electrocutan por la mañana.

—¡Oye! —dijo Carol.

—James, hijo mío, la razón de que este sea un país estupendo es que ese tipo de cosas no pueden pasar. Aquí no metemos en la cárcel a hombres inocentes. No metemos en la cárcel a la gente porque pensemos que pueden hacer algo. Si eso ocurriera, tú, Jamie Bowden, podrías acabar en la cárcel porque alguien dijera una mentira sobre ti.

Jamie pensó unos instantes con el ceño fruncido y después asintió.

—Ese Scooter Prescott haría que me encerrasen en un periquete.

—¿Por qué?

—Porque puedo hacer veintiocho flexiones, ¿sabes?, y cuando pueda hacer cincuenta, voy a ir y le voy a dar un puñetazo en su gorda nariz.

—¿Y él sabe eso?

—Claro. Se lo he dicho.

—Ahora será mejor que te vayas a la cama, cariño —dijo Carol.

Al pie de las escaleras Jamie se dio la vuelta y dijo:

—Pero hay un problema. Scooter también está haciendo flexiones, maldita sea.

—¿Cómo se lo tomó Nancy? —dijo Carol cuando Jamie se hubo marchado.

—Con inteligencia.

—Creo que contárselo a los niños es lo mejor.

—Sí. Pero me hace sentir un poco inútil. Yo soy el rey de esta pequeña tribu. Debería ser capaz de meterle miedo a Cady. Pero no veo cómo. No con este físico de oficinista. Él parece que tiene músculos que aún no han recibido nombre.

—¿Ese ruido es Marilyn?

Sam fue a la cocina y le abrió la puerta. La perra entró contoneándose y sonriéndole y se abalanzó sobre su cuenco, miró su vaciedad con estupor e incredulidad, se volvió y miró a Sam a la cara.

—Nada de eso, chica. Estás a dieta, ¿recuerdas?

Ella lengüeteó desconsoladamente su cuenco de agua, se fue con paso lento a su rincón, dio tres vueltas sobre sí misma y se dejó caer con un suspiro sobre un costado. Sam se acuclilló a su lado y le hundió suavemente un dedo en la barriga.

—Hay que recuperar la línea juvenil, Marilyn. Hay que librarse de esa grasa.

La perra giró un ojo para mirarlo y el largo cepillo rojo de su cola aleteó dos veces. Bostezó, dando un pequeño aullido al final y mostrando sus largos y blancos dientes.

Sam se puso en pie.

—Una gran bestia salvaje. Consternada por los gatitos. Atormentada por las despiadadas ardillas. Cada día es un día duro, Marilyn, para esta devota de la cobardía de cuatro años de edad, ¿no es así?

La cola se agitó soñadoramente y Marilyn cerró los ojos. Sam regresó al salón, bostezó. Carol lo miró y bostezó.

—Marilyn me lo ha pegado, y yo te lo pego a ti.

—Pues me lo llevo a la cama.

—Asegúrate de que Nance está acostada —dijo Sam—. Yo voy ahora.

Apagó las luces, comenzó a cerrar la llave de la puerta frontal, pero la abrió otra vez, salió al jardín delantero y fue caminando en dirección a la carretera. La lluvia había limpiado el aire, que olía a junio, a la promesa del verano. Las estrellas se veían pequeñas y altas y parecían recién pulidas. Oyó el decreciente gruñido de un camión en la Ruta 18 y, cuando se extinguió, la remota canción de un perro en una granja lejana al otro lado del valle. Un mosquito zumbó cerca de su oído y él lo espantó con la mano.

La noche era oscura y el cielo estaba muy alto, y el mundo era un lugar muy grande. Un hombre era algo casi demasiado pequeño, enclenque y vulnerable. Su prole dormía.

Cady vivía en algún lugar de aquella noche, respirando en la oscuridad.

Mató el mosquito de una palmada y volvió a la casa caminando sobre la hierba húmeda, cerró la puerta y subió a acostarse.

CAPÍTULO TRES

Sievers presentó su informe en la oficina de Sam a las diez de la mañana del jueves. Se sentó en completo silencio, como era su costumbre, y habló con su voz monótona y aburrida, sin cambiar de expresión.

—Empecé a seguirlo a las seis en punto de la mañana, cuando salió de su pensión. Fue caminando hasta el bar de Nicholson, a tres manzanas bajando por Market Street. Salió solo a las siete treinta, regresó caminando, se subió a su coche, condujo hasta el Nicholson, tocó el claxon y una mujer salió y se metió en el coche con él. Una rubia gorda con una risa estridente. Condujo hasta la pensión y aparcó en la parte de atrás, donde suele dejar el coche, y luego los dos entraron y volvieron a salir unos cuarenta minutos más tarde. Se subieron al coche y los seguí. Empezó a doblar demasiadas esquinas. No sabía si me había visto o se estaba haciendo el listo o estaban buscando un sitio para comer. Tuve que quedarme muy atrás. Finalmente salieron de la ciudad por la Ruta 18. Se metió por una carretera secundaria. No había tráfico. Me engañó al reducir mucho la velocidad tras tomar una curva. Así que tuve que adelantarle. Cuando ya no podía verme, salí de la carretera y apagué las luces, pero no pasó por allí. Eso significa que se estaba haciendo el listo. Volví rápidamente atrás, pero había muchas opciones para girar. Así que volví al Nicholson. Va mucho por allí, según he averiguado. Lo conocen solamente como Max. La mujer es uno de esos personajes de Market Street. Bessie McGowan. No es exactamente una prostituta, pero está tan cerca de serlo que la diferencia no se aprecia. A las tres de la madrugada, la llevó de nuevo a la pensión. Él estaba bien, pero a ella casi la tuvo que cargar en brazos. Yo terminé mi jornada y volví ayer por la mañana a las diez treinta. Salió a las doce menos cuarto, condujo hasta una charcutería y volvió a su habitación con una bolsa de comida. A las cinco en punto llevó a la mujer en coche a uno de esos apartoteles hechos polvo de Jefferson Avenue y entró con ella. Salieron a las siete. Ella se había cambiado de ropa. Volvieron al Nicholson. A las nueve salió él solo y empezó a caminar. Iba en dirección al lago. Se estaba divirtiendo. Está alerta cada instante. Es listo y es bueno. Mira en todas las direcciones a la vez. Y sabe moverse. Lo perdí. Pensé que lo había perdido. Y entonces encendió su maldito puro justo a mi lado. Casi me da un infarto. Me miró de arriba abajo, sonrió y me dijo: «Bonita noche para esto», y se volvió caminando al Nicholson. Luego llevó a la mujer a un asador que hay a ocho kilómetros de la ciudad, junto al lago. Regresaron a la pensión a las tres. Supongo que allí siguen. He metido la pata y no tengo disculpa. ¿Qué quiere que haga ahora?

—¿No debería enviar la agencia a otro hombre para ocuparse de él?

—Yo soy el mejor, señor Bowden. No bromeo con usted. Al próximo lo pillará tan rápido o más que a mí.

—No estoy seguro de entenderle... ¿Tiene alguna importancia especial que le haya visto y que pueda reconocerle? ¿No puede vigilarlo de todas formas?

—Podría reunir un equipo para vigilarlo, pero incluso así tal vez no funcione. Tres hombres en tres coches, y otros tres para tenerlo cubierto las veinticuatro horas. Pero podría darnos esquinazo de demasiadas maneras. Puede entrar en un cine y salir por otro sitio. Puede entrar en unos grandes almacenes y salir por otra puerta. Puede salir por la cocina de cualquier bar. Puede ir a un hotel a jugar a sus juegos. Hay demasiadas maneras.

—Entonces, ¿qué me sugiere, Sievers?

—Olvídelo. Está malgastando su dinero. Él ya suponía que lo iban a vigilar. Así que estaba atento. Y va a seguir estando atento. Y cada vez que quiera escabullirse, encontrará la manera de hacerlo. Es un tipo frío y listo.

—No es usted de mucha ayuda... No parece entender que ese hombre quiere hacerme daño. Por eso ha venido aquí. Podría tratar de hacerle daño a mi familia. ¿Qué haría usted?

Sus ojos de losa parecieron cambiar de tonalidad, volverse más claros.

—Haga que cambie de opinión.

—¿Cómo?

—Esto que le diré no ha salido de mi boca. Yo que usted buscaría algún contacto. Envíelo al hospital un par de veces, para que se entere. Que le aticen con una cadena de bicicleta.

—Pero... quizá no está tramando nada.

—Así se asegura de que no.

—Lo siento, Sievers. Quizá es una debilidad por mi parte, aunque no lo creo. No puedo actuar fuera de la ley. Yo me dedico a la ley. Creo en los procesos legales.

Sievers se puso en pie.

—Usted verá. Es su dinero. Un tipo como ese es un animal. Así que hay que luchar como un animal. Al menos yo lo haría. Si cambia de opinión, podemos hablar en privado. Esto no sería a través de la agencia. Hacer que lo sigan es malgastar el dinero.

Se detuvo en la puerta y, con la mano en el picaporte, miró atrás.

—Tiene que encontrar una forma fuera de la ley para resolver este asunto —dijo—. Usted ya ha alertado a la policía.

Si Cady hace algo, no hay duda de que lo pillarán. Pero es posible que a él eso no le importe un carajo.

—¿Cuánto costaría reunir a ese equipo?

—En torno a los dos mil dólares a la semana.

Cuando Sievers se marchó, Sam intentó concentrarse en el trabajo, pero su atención se desviaba una y otra vez hacia Cady. El jueves por la noche, mientras conducía a casa, decidió que no tenía sentido decirle a Carol que Sievers ya no se ocupaba del asunto. Sería difícil de explicar y la alarmaría de manera innecesaria.

Carol lo llamó el viernes a las tres en punto de la tarde. Al oír su voz, Sam apretó con fuerza el auricular. Hablaba de manera casi incoherente.

—Carol, ¿los niños están bien? —dijo él.

—Sí, sí. Están bien. Es... es esa perra tonta. —Se le quebró la voz—. ¿Puedes venir a casa, por favor?

Antes de salir pasó por el despacho de Bill Stetch y le dijo que tenía problemas en casa, que probablemente habían atropellado a la perra y que se tomaba el resto del día libre.

Condujo a casa a gran velocidad. Era un día gris. Carol salió caminando deprisa del establo, con los niños tras ella. Tenía un aspecto ojeroso y grisáceo. Nancy estaba blanca como el papel y tenía los ojos hinchados y rojos. A Jamie le temblaba la boca y la mantenía firmemente cerrada. Bucky caminaba a trompicones, con los puños en los ojos y aullando con voz tan afónica que Sam supo que llevaba llorando mucho tiempo.

Carol se dio la vuelta y dijo con voz cortante:

—Nancy, lleva a los niños de vuelta a la casa, por favor.

—Pero quiero...

—¡Por favor!

Carol no solía hablarles de manera brusca.

Se fueron en dirección a la casa. Bucky seguía desgañitándose. Carol se volvió hacia él y los ojos se le llenaron de lágrimas.

—Que Dios me libre de otros cuarenta minutos como los que he pasado hoy.

—¿Qué ha ocurrido? ¿La han atropellado? ¿Está muerta?

—Está muerta. Pero no la han atropellado. El doctor Lowney vino enseguida. Se ha portado maravillosamente. No podíamos meterla en el MG para llevarla. Todo ocurrió al mismo tiempo. Oí que el autobús del colegio paraba y arrancaba de nuevo, y entonces oí que Nancy se ponía a gritar. Salí corriendo como una bala. Luego me dijo que cuando el autobús estaba frenando, miró por la ventanilla y vio a Marilyn en el jardín de delante engullendo alguna cosa. Luego fue dando saltos para recibir a los niños como hace siempre y, de pronto, empezó a dar aullidos y a correr en círculos y a morderse en el costado. Entonces empezaron a darle una especie de convulsiones. Eso fue lo que hizo que Nancy se pusiera a gritar.

Las lágrimas le resbalaban por el rostro.

—Cuando llegué —prosiguió—, la perra estaba agonizando. Nunca he visto algo tan desgarrador y tan terrorífico. Y los tres niños mirando... Intenté acercarme a ella, pero me lanzó un mordisco tan salvaje que no me atreví a tocarla. Les dije que no la tocasen, corrí a la casa y llamé al doctor Lowney. Miré por la ventana y vi que seguía teniendo esos espasmos y que los niños no estaban muy cerca de ella, así que te llamé a ti. Daba vueltas y se retorcía y chillaba del modo más horrible que he oído a un perro. No quería que los niños miraran, pero no podía alejarlos de allí. Después empezó a acabársele la cuerda, como a un reloj o una máquina o algo así. El doctor Lowney llegó justo antes del final. Murió como un minuto después. Así que se la llevó. Eso fue hace veinte minutos.

—¿Dijo que la habían envenenado?

—Dijo que eso parecía.

—¡Maldita sea!

Sam tenía los ojos llenos de lágrimas.

—Ya habría sido bastante malo verlo yo, pero que lo vieran los niños... Esta no va a ser una casa muy alegre este fin de semana.

—¿Puedes ocuparte de ellos un rato?

—¿Adónde vas? Ah, ¿al veterinario?

—Sí.

—Por favor, no tardes.

El doctor Lowney era un hombre alto y plácido con el pelo blanco y ojos de un azul brillante. Cuando Sam entró en la sala de espera, la señora Lowney, que estaba detrás del mostrador, lo miró asintiendo con la cabeza, fue a la parte de atrás, volvió a aparecer enseguida y dijo:

—El doctor quiere que vaya directamente a la parte de atrás. Atrás del todo.

Una mujer que esperaba con un caniche negro en el regazo le dirigió una mirada de odio. Caminó hasta donde le habían dicho. Lowney estaba sentado en un banco de trabajo. Marilyn descansaba encima de una mesa de madera manchada que había en mitad de la pequeña sala. Su pelaje había perdido todo su brillo. Yacía como un trapo rojizo. Podía verse la ranura blanca de un ojo.

Lowney se dio la vuelta. No hubo saludos, ni afabilidad.

—No tengo los mejores recursos de laboratorio del mundo, Sam, pero estoy casi seguro de que ha sido estricnina, y una dosis muy alta. Se la administraron en carne cruda. Probablemente hicieron un corte en un trozo de carne y metieron los cristales dentro.

Una de las orejas de Marilyn estaba al revés. Sam le dio la vuelta.

—Estoy tan furioso que me siento enfermo.

Lowney estaba de pie al otro lado de la mesa. Los dos miraban la perra muerta.

—Gracias a Dios, no veo muchos casos como este. Hago este trabajo pura y simplemente porque adoro a los animales desde que empecé a gatear. En mi opinión, envenenar a un animal es algo mucho más cruel y más insensible que asesinar a un ser humano. Ellos no entienden. Es una maldita vergüenza que los niños lo hayan visto.

—Quizá fue a propósito...

—¿Qué quieres decir?

—No lo sé. No sé lo que quiero decir.

—Sam, ojalá me hubieras dejado convencerte para que la llevases a la escuela de obediencia el año pasado.

—Me pareció demasiada molestia, supongo...

—Si la hubieras llevado, nunca habría tocado la carne.

—La teníamos a dieta. Era una pedigüeña incorregible. Y le asustaba su propia sombra. Pero era una perra maravillosa. Tenía personalidad. Maldita sea.

—Ahora no hay mucho que puedas hacer, ya sabes. Aunque pudieras demostrar quién lo hizo, le pondrían solo una multa, y no muy elevada. Supongo que no quieres que me ocupe yo del cuerpo...

—No. Supongo que me la puedo llevar conmigo.

—¿Por qué no vuelves a casa, decides dónde la quieres enterrar, cavas un agujero del tamaño adecuado y, cuando cierre a las cinco, te la llevo? La envolveré con algo. No hace falta que los niños la vean otra vez. No tiene muy buen aspecto.

—No quiero causarte molestias...

—Molestias, dices... Tú ve a cavar el agujero.

Cuando Sam entró en la casa, Carol había conseguido calmar a Bucky. Estaba en el salón viendo la tele con gesto inexpresivo. Tenía la cara hinchada y, a intervalos regulares, lo sacudía un sollozo ahogado como un enorme hipido. Carol estaba en la cocina. Sam observó que los cuencos y la cama de Marilyn ya no estaban a la vista, lo que aprobó de inmediato.

—¿Dónde están Nance y Jamie?

—En sus habitaciones. ¿Sabía el doctor Lowney qué...?

—Estricnina.

Hablaban en voz baja. Ella se volvió hacia él y se abrazaron.

—No paro de repetirme que solo era una perra tonta. Pero...

Carol hablaba con la boca contra la garganta de Sam.

—Ya lo sé.

Ella se volvió de nuevo hacia el fregadero.

—¿Quién puede haber hecho algo tan horrible, Sam?

—Es difícil de decir. Alguien con una mente retorcida.

—Ella no iba por ahí matando gallinas o pisoteando las flores de los vecinos. Nunca salía de aquí si no era con los niños.

—A algunas personas sencillamente no les gustan los perros.

Carol se volvió hacia él mientras se secaba las manos con un trapo de cocina. Su expresión era sombría y decidida.

—Tú nunca estás en casa cuando viene el autobús del colegio, Sam. Marilyn conocía el sonido que hace cuando sube la cuesta hasta aquí. Y, estuviese donde estuviese, iba hasta el final del camino de entrada y se quedaba esperando a que se parara. Si alguien en coche siguiese al autobús sabría esto. Y la siguiente vez ese alguien podría ir justo delante del autobús y tirar esa cosa envenenada donde la perra la encontraría seguro al venir a esperar el autobús...

—Puede haber sido una coincidencia.

—Creo que sabes que eso no es así. Creo que sientes lo mismo que siento yo. No estoy histérica. Hay perros por toda Milton Hill Road. He estado intentando pensar en quién no tiene, y los únicos son los Willesey. Y están a casi dos kilómetros de aquí, y tienen todos esos gatos y, de todas formas, nunca envenenarían a un perro. Llevamos siete años viviendo aquí y jamás hemos oído hablar de nada parecido. Así que, la primera vez que ocurre, ¿por qué le ocurre a *nuestra* perra?

—Vamos a ver, Carol...

—No me vengas con «vamos a ver, Carol». Los dos estamos pensando lo mismo y tú lo sabes. ¿Dónde estaba ese detective privado maravillosamente eficiente?

Sam suspiró.

—De acuerdo. Ya no se ocupa de lo nuestro.

—¿Desde cuándo?

—Desde el miércoles por la noche.

—¿Y por qué?

Sam le explicó las razones de Sievers. Ella escuchó con atención, sin expresión, sin cesar de secarse mecánicamente las manos con el trapo.

—¿Y cuándo has sabido todo eso?

—Ayer por la mañana.

—Pero anoche no dijiste nada. Y yo iba a seguir pensando que todo marchaba de maravilla, que tú lo habías arreglado todo... No soy una niña y no soy tonta, y me molesta que me... sobreprotejas.

—Tendría que habértelo dicho. Lo siento.

—Así que ahora ese Cady puede deambular a su antojo y envenenar a nuestra perra y después continuar con los niños. ¿Cuál crees que será el primero? ¿La mayor o el más pequeño?

—Carol, cariño, por favor.

—¿Soy una mujer histérica? Tienes toda la puñetera razón.

—No tenemos ninguna prueba de que fuera Cady.

Carol tiró el trapo al fregadero.

—Escúchame bien. *Yo* tengo la prueba de que fue Cady. Yo tengo esa prueba. No es el tipo de prueba que a ti te gusta. No hay evidencia. No hay testimonio. Nada legal. Tan solo *lo sé*. ¿Qué tipo de hombre eres tú? Esta es tu *familia*. Marilyn era parte de tu *familia*. ¿Vas a buscar todos los precedentes y a preparar un escrito?

—Tú no sabes cómo...

—Yo no sé nada. Esto está pasando por algo que tú hiciste hace mucho tiempo.

—Algo que tuve que hacer.

—No digo que no tuvieras que hacerlo. Pero me dices que ese hombre te odia. Que no crees que esté cuerdo. ¡Pues entonces *haz* algo al respecto!

Había avanzado un paso hacia él y lo miraba con fiereza. De pronto su rostro se arrugó y de nuevo se echó a sus brazos, esta vez temblando. Él la abrazó fuerte y después la llevó al banco junto a la mesa de caballete y se sentó junto a ella con su mano en la suya.

—Odio a las mujeres que lloriquean —dijo Carol tratando de sonreír.

—Tienes toda la razón del mundo para estar alterada, cariño. Sé cómo te sientes. Y sé que tienes motivos para quejarte. Yo proporciono comida, ropa y un techo. Todo de manera muy civilizada. Sería muchísimo más fácil enfrentarse a Cady en tiempos más primitivos, o en una parte más primitiva del mundo. Yo sería miembro de un complejo social. Él sería el intruso. Solo tendría que reunir a mi pandilla y lo mataríamos. Me gustaría mucho matarlo. Y creo que incluso podría hacerlo. Tú estás reaccionando a un nivel muy primitivo. Eso es en realidad lo que tu instinto te dice que yo debería hacer. Pero tu lógica te podrá decir lo imposible que resulta eso. Me meterían en la cárcel.

—Lo... lo sé.

—Tú quieres que yo sea eficaz y resolutivo. Y eso es precisamente lo que yo quiero. No creo que pueda ahuyentar a ese hombre. No puedo matarlo. La policía está siendo de menos ayuda de lo que yo creía. Se me ocurren dos cosas. Puedo ir a ver al capitán Dutton el lunes y ver si puede ayudarme de la manera que Charlie me prometió. Y si eso no funciona, tendremos que salir de su alcance.

—¿Cómo?

—El colegio termina la semana que viene.

—El miércoles es el último día.

—Puedes irte con los niños, encontrar un lugar donde quedarte y después llamarme cuando estés instalada.

—Pero tú no deberías...

—Podemos cerrar la casa y yo me voy a una habitación de hotel en la ciudad. Tendré cuidado. Esto no puede durar para siempre.

—Pero ¿y hasta el miércoles...?

—No estoy seguro de nada. Pero creo que puedo imaginar cómo funciona su mente. No se va a dar prisa. Nos va a dar algo de tiempo para pensar en esto.

—De todas formas, ¿podemos tener más cuidado?

—La semana que viene yo usaré el MG. Tú puedes llevar a los niños al colegio en la ranchera y recogerlos a la salida. Y mañana vas a practicar un poco con el Woodsman.

Carol entrelazó los dedos con los suyos.

—Perdona por haber estallado, no debería haberlo hecho. Sé que harás todo lo posible, Sam.

—Tengo que cavar una tumba para Marilyn. Lowney la va a traer aquí. ¿Dónde te parece mejor?

—¿En la ladera detrás del establo, junto a los chopos?

—Voy a cambiarme.

Se puso un peto desteñido y con manchas de pintura y su vieja camisa azul. Sentía que Carol tenía razón. Su instinto le había dicho que Cady había envenenado a la perra. A Sam le pareció curioso que él mismo estuviera tan dispuesto a aceptarlo con tan pocas evidencias. Iba en contra de su formación, de todos sus instintos.

Se asomó a la habitación de Jamie. Tenía encendida su radio de plástico, con la carcasa roja reforzada con cinta adhesiva. Jamie estaba sentado en la cama hojeando uno de sus manoseados catálogos de armas. Levantó la cara hacia su padre y dijo:

—Era veneno, ¿verdad?

—Sí, era veneno.

—¿Y lo hizo ese hombre que nos odia?

—No sabemos quién lo hizo, hijo.

Los ojos del niño eran pálidos y azules y fríos. Le mostró el catálogo.

—¿Ves esto? Es un trabuco. Tiene un cañón de latón. Mike y yo vamos a comprar un poco de pólvora fina y este trabuco, y le voy a poner una carga doble y lo voy a llenar hasta arriba con clavos viejos oxidados y cosas así y le voy a dar al Cady ese en toda la tripa. ¡Bum!

Tenía lágrimas en los ojos.

—¿Mike sabe lo de Marilyn?

—Lo llamé cuando tú te habías ido. Él también lloró, pero hizo como que no lloraba. Quería venir, pero yo le dije que no.

—¿Quieres ayudarme a elegir un sitio para la tumba?

—Vale.

Cogieron una pala del establo. Un túmulo de piedrecitas mantenía en pie la crucecita que marcaba la tumba de Elvis, el difunto periquito. Elvis iba libre por la casa y ya decía dos palabras cuando Bucky, a los cuatro años, lo pisó. El sentimiento de culpa y horror le duró tanto tiempo que empezaron a preocuparse por él.

Sam cavó una buena parte del agujero y le pasó la pala a Jamie. El niño trabajó con terca violencia y el rostro sombrío. Mientras Sam lo miraba, Nancy se acercó caminando despacio.

—Este es un buen lugar —dijo—. ¿La has traído en el coche?

—El doctor Lowney viene ahora con ella.

—Os he visto por la ventana. Esto es horrible.

—Cálmate, pequeña.

—Madre cree que lo hizo ese hombre.

—Ya lo sé. Pero no hay pruebas.

Jamie dejó de cavar un instante.

—Podría cavar un agujero más grande. Podría cavar un agujero para él y tirarlo dentro con serpientes y cosas así, y llenarlo con rocas y aplastarlo con todo eso.

Sam vio que el crío estaba sin aliento.

—Me toca a mí. Venga esa pala.

Nancy y Jamie miraron cómo terminaba. Llegó Lowney. Traía a la perra envuelta en una vieja manta caqui toda raída. Sam la sacó del coche y la llevó hasta el agujero. Pesaba mucho. La cubrió rápidamente con tierra y apisonó el montón con la pala. El doctor Lowney rechazó el ofrecimiento de una bebida y regresó al pueblo.

La cena fue un acontecimiento triste. Mientras comían, Sam explicó las nuevas reglas. Esperaba alguna objeción, pero los niños lo aceptaron todo sin hacer comentarios.

Cuando los tres estaban ya en la cama, Sam y Carol se sentaron en el salón.

—Es muy duro para ellos —dijo Carol—. Sobre todo para Bucky. Él tenía dos años cuando la trajimos a casa. Era más o menos su perra.

—Mañana haré un poco de negrero. Los llevaré a trabajar en el barco. Así se distraerán de todo esto.

—¿Y un poco de práctica de tiro?

—Suenas ansiosa. La última vez te vi muy reacia.

—Porque me parecía que no hacía falta.

Leyeron un rato. Sam, intranquilo, se levantó y fue a contemplar la noche por la ventana. Se oía un distante retumbar de truenos de junio. Le pareció que venían del norte, del otro lado del lago. Marilyn siempre tenía la misma reacción ante los truenos. Alzaba la cabeza y la ladeaba. Después sus orejas se desplazaban hacia atrás. Entonces se levantaba, bostezaba de manera artificial, se lamía el hocico, los miraba a ellos un poco de reojo y se dirigía al sofá trotando. Tras echarles otra mirada de disculpa, se metía debajo arrastrándose. Un día que sonó un tremendo trueno sin previo aviso, salió disparada desde el otro lado del salón, calculó mal y se dio un fuerte golpe en la frente con el borde inferior del sofá. Rebotó, se tambaleó, recobró el equilibrio y por fin reptó bajo el mueble, y todos se rieron excepto Bucky.

—Vivíamos como en un círculo mágico —dijo Carol.

Sam se dio la vuelta y la miró.

—Creo que entiendo lo que quieres decir.

—Los intocables. Y ahora algo ha emergido de la oscuridad y ha derribado a uno de nosotros. La magia ya no funciona.

—El negocio de vivir es una ocupación muy precaria.

—No te me pongas filosófico. Déjame tener mis pequeñas supersticiones ridículas. Vivíamos en un bonito paraíso de ingenuidad.

—Y volveremos a vivir en él.

—No será lo mismo.

—Has tenido un día nefasto.

Carol se puso de pie y se estiró.

—Y voy a ponerle fin ahora mismo. Ha sido una verdadera inmundicia de día. Una inmundicia de primera. —Se oyó otro trueno—. Vamos a cerrar el garito.

—Yo me ocupo. Ve yendo tú. Ahora subo.

Cuando Carol se hubo marchado al piso de arriba, Sam salió a la parte trasera de la casa y miró el cielo hacia el noroeste. Había fogonazos rosados por debajo de la línea del horizonte. Habría sido más fácil para todos ellos, pensó, si Marilyn hubiera sido un animal valiente, intrépido y noble. Pero era un ser desafortunado, lleno de alarmas y presentimientos, que aullaba ante la mera amenaza de dolor, que vivía en un permanente estado de disculpa. Era como si todos los miedos de Marilyn se hubieran hecho realidad, como si siempre hubiera sabido la especial agonía que la esperaba.

CAPÍTULO CUATRO

Por una vez, los cinco miembros de la familia Bowden desayunaron al mismo tiempo. Se habló de la violencia de la tormenta que había estallado la noche anterior. Jamie y Bucky no habían oído nada. Nancy dijo que la había despertado y que se había puesto su albornoz, se había sentado junto a la ventana y se había quedado a verla. Ni Sam ni Carol mencionaron que Carol, a la que había despertado la tormenta y que tenía miedo de los relámpagos, se introdujo en la cama de Sam y se abrazó a él en fragante cercanía para calmarse. No se habló de Marilyn. Pero Bucky tenía unas pequeñas ojeras.

—Programa —dijo Sam—. Bowden, prestad atención. Nancy va a ayudar a su madre a darle un buen fregado a la cocina y a hacer las camas mientras vosotros, chicos, me ayudáis a buscar las cosas del barco y a meterlas en la ranchera. Después vamos a hacer práctica de tiro un rato. Jamie, tú te vas a encargar de colgar las latas. Después iremos a trabajar en el barco.

El campo de tiro estaba a mitad de la suave colina que ascendía tras la casa. La barrera para los disparos era un talud de tierra arcillosa. Jamie cogió media docena de latas vacías de la basura, les ató unos cordeles y las colgó de una rama de arce rojo que había frente al talud. Gastaron una caja y media del calibre 22 largo. Sam y Nancy fueron quienes tuvieron mejor puntería. Jamie, como de costumbre, se enfureció consigo mismo cuando Nancy hizo más dianas que él. A Carol se le dio mejor que en ocasiones pasadas. No intentó ceder su turno. Escuchó con atención los consejos de Sam. No se encogía tanto al disparar. Sam, de pie tras ella y a un lado, veía su mandíbula apretada y cómo fruncía el ceño por la concentración. Los niños estaban más callados que de costumbre. Aquello era un juego al que habían jugado a menudo. Hoy era más que un juego. Tenía un nuevo sabor, y todos lo notaban.

Bucky, en su último turno, acertó a tres de las latas colgadas a veinte metros con un cargador de ocho balas. Se puso muy colorado de lo orgulloso que estaba por las felicitaciones.

—¿Quito las latas? —preguntó Jamie.

—Déjalas colgadas —dijo Sam—. Quizá podemos practicar un poco más mañana por la tarde. Si es que hemos terminado con el barco para entonces.

—¿Y qué pasa con sus deberes?

—Esta noche y mañana por la noche —dijo Sam.

—Esta noche iba a ir al autocine... —dijo Nancy en tono plañidero.

—¿Ya te has olvidado de las nuevas normas? —preguntó Sam.

—No, pero, por Dios, papá, ya he dicho que sí...

—¿Y quién tiene coche para llevarte al autocine?

—Se llama Tommy Kent, es del último curso y tiene dieciocho años, así que puede conducir de noche, y es una cita doble, más o menos, y Sandra va con Bobby...

—¿Esa es la familia que tiene la tienda de muebles? —preguntó Carol.

—Sí, y todo irá bien, de verdad. Vendrán aquí a buscarme y volveremos en cuanto termine la película. Es una de John Wayne. Iba a pediros permiso el viernes, pero... con lo de Marilyn se me olvidó. ¿Puedo ir, por favor? Solo esta vez...

Sam miró a Carol y vio que asentía de manera apenas perceptible.

—De acuerdo, pero solo esta vez. ¿Cómo te fue el examen de Historia?

—Bastante bien, creo.

—Id a prepararos, niños. Nos vamos al barco ahora mismo.

Se fueron corriendo ladera abajo. Sam y Carol fueron tras ellos más despacio.

—Me has llevado la contraria —dijo Sam.

—Ya lo sé. Pero creo que no pasa nada. No sabes lo mucho que he oído hablar de Tommy Kent, Tommy Kent, Tommy Kent... Antes de la era Pike Foster y durante. Es un chico muy popular en el colegio. Un gran atleta. Tener una cita con él es un triunfo para una chica de secundaria.

—Supongo. Pero me gustaría que se cansase del tipo musculitos.

—Este no es tan corto como el pobre Pike. Tommy me atendió en la tienda un sábado. Cuando compré esa lámpara para el estudio en agosto. Un joven muy equilibrado.

—Probablemente demasiado equilibrado, maldita sea. Demasiado sofisticado para Nance. Solo tiene catorce años. No quiero que vaya haciendo carreras de coches por la noche, y yendo a esos autocines. ¿Cómo los llaman? Pozos de pasión. Y la gente dice bromeando que van a cualquier cosa menos a ver la película...

—Deja de hacerte el padre tradicional, cariño. Si a estas alturas aún no le hemos inculcado a Nance un conjunto de patrones morales, ya es demasiado tarde. Tiene casi quince años. Sandra va con ella. Y ni siquiera dos chicos llenos de determinación conseguirán separarlas. Probablemente él la besará.

—Me estremezco solo de pensarlo.

—Sé valiente, cariño. Estará a salvo, y es preferible a que se quede aquí deprimida. La ruptura con Pike ha dañado de verdad su autoestima. Y esta cita se la va a devolver.

—El maldito coche probablemente no tenga frenos, los faros no alumbren bien y los neumáticos estén desgastados...

—Resulta que es un sedán Plymouth de dos puertas completamente nuevo.

—Se me olvidaba lo que han subido de precio los muebles... ¿Qué le pasa a Jamie?

Jamie había dejado que los otros dos siguieran adelante sin él. Estaba de pie junto a la tumba de Marilyn, esperando a sus padres. Cuando llegaron a su altura, les dijo con fiereza:

—Vamos a poner una gran lápida de mármol. Con las fechas y su nombre.

—Pondremos algo, hijo —dijo Sam—. Pero una gran lápida de mármol sería un poco pretencioso, ¿no te parece?

—¿Qué quiere decir eso?

—Debería ser algo más sencillo. Seguro que si tú y Mike buscáis por el arroyo, podréis encontrar una buena piedra con un lado plano en el que grabar su nombre.

Como Jamie parecía dudar, Carol dijo:

—Me parece que eso quedaría muy bien, cariño.

Jamie suspiró.

—Vale. Buscaremos. Desde que me he levantado me parece que la veo todo el tiempo. Es como si estuviera siempre a un lado. Me parece que si girara la cabeza lo bastante deprisa, la vería.

Carol lo abrazó contra su costado.

—Ya lo sé, cariño. Todos sentimos lo mismo.

Jamie miró a su padre rodeado por los brazos de su madre.

—Podríamos averiguar dónde come y meternos en la cocina y ponerle algo en la comida y después cuando se lo coma podríamos estar mirando por esas ventanas redondas que tienen las puertas de las cocinas de los restaurantes y lo veríamos rodando por el suelo tirando las mesas y todo el mundo gritando hasta que se quedase quieto y muerto del todo.

—Esos pantalones son demasiado buenos para trabajar en el barco —dijo Carol. Le dio un pequeño empujón—. Corre hasta casa y ponte los pantalones más andrajosos que encuentres en tu armario.

—¿Esos que dijiste que estaban demasiado destrozados como para remendarlos?

—Esos son perfectos.

Jamie se fue corriendo.

—Me pregunto si es sano el modo en que funciona su imaginación —dijo Carol—. Algunas de las cosas que se inventa son alarmantes.

—A los once años la civilización aún es solo un fino barniz. Debajo todo es salvaje.

—Caballero, está usted hablando de los niños a los que amo.

—Corren en manada, abusan de los más débiles y de los diferentes, disfrutan con pensamientos de horribles torturas. Es parte del instinto de supervivencia, cariño. En tiempos de guerra, en las grandes ciudades, son ellos los que sobreviven, mientras que los que son algo más mayores, a los que la moral ha ablandado un poco, perecen.

—A veces te puedes poner ridículamente objetivo. Estoy hablando de Jamie. Tiene ideas muy violentas.

—Hablando de ideas violentas, ¿crees que podrías tener la automática a mano sin que se te note mucho?

—Me parece que sí. En mi bolso grande de paja.

—¿No te hará sentir demasiado melodramática?

—No te voy a permitir que me hagas sentir insegura con este tema. Es un arma. Dispara. Y no me da ninguna aprensión. Me has enseñado cómo funciona el seguro. Tendré siempre una bala en la recámara. Mis hijos están amenazados, Samuel, y me estoy volviendo tan primitiva como Jamie. Cuando estaba disparando ahí atrás me preguntaba si podría apuntar con el arma a un ser humano y apretar el gatillo y mantener las mirillas alienadas y no alterarme. Y entonces pensé en Marilyn y supe que puedo.

—Me impresionas.

El Club Náutico New Essex se encuentra a unos seis kilómetros y medio de la ciudad. Tiene una amplia dársena para yates, espacio en el muelle, su propio espigón y un largo edificio que alberga el club, con terrazas, bares y una sala de baile. Los dueños de lanchas motoras llaman a los dueños de veleros los Magallanes. Los dueños de veleros llaman a los dueños de barcos de motor los de las Latas de Aceite. Los grandes yates paran en New Essex porque tiene buenas instalaciones. En verano hay visitantes que vienen de Miami y de Fort Lauderdale. En invierno, algunos propietarios locales de grandes embarcaciones ponen rumbo al sur.

Cuando Sam y Carol pasaron del Sweet Sioux II (un bote salvavidas reconvertido procedente de un ferry obsoleto) al Sweet Sioux III (un yate de ocho metros de eslora y dieciocho años de antigüedad, propenso a volcarse y con una cubierta descapotable), se unieron al Club Náutico New Essex. Las cuotas eran altas y la agenda social, intensa. El Sweet Sioux, por muy fresca que estuviese su nueva mano de pintura y barniz, nunca parecía cómodo amarrado en medio de tanta teca, latón, cromo y caoba. Tenía un aspecto anchote e indigno, como una lavandera que se arregla para ir a la ópera.

Al yate parecía molestarle bastante su nuevo entorno. Cada vez que salía de puerto, intentaba balancearse y topar contra alguna de las grandes embarcaciones amarradas junto a él. Tenía una sola hélice y un motor de sesenta y cinco caballos de potencia de un modelo del que muy poca gente había oído hablar. El motor era imperturbable, fiable e inexplicablemente silencioso. Podía hacer que el Sweet Sioux, moviéndose como un pato, alcanzase los diez nudos. Sin embargo, en el Club Náutico New Essex, el motor también se rebeló. Dos veces tiró la toalla en mitad de la dársena cuando regresaban. Y en dos ocasiones tuvieron que aceptar que los remolcaran. Después de eso, Sam guardaba en el extremo delantero de la cubierta un motor fueraborda de cinco caballos envuelto en una lona.

El club era caro y sus miembros, excesivamente estirados. Y estaba demasiado lejos de Harper. Cuando llegó el momento de pagar la cuota por segunda vez, Sam y Carol lo hablaron y los dos se sorprendieron gratamente de que el otro estuviera tan dispuesto a prescindir del club.

Se unieron al Club Náutico de Harper. Estaba dieciséis kilómetros más cerca, entre New Essex y Harper, al final de una carretera que se desviaba de la Ruta 18. El edificio del club vendría a ser una especie de cabaña. La dársena era pequeña y estaba abarrotada de embarcaciones. El varadero de Jake Barnes estaba contiguo al club. Era un negocio desorganizado e informal. Vendía embarcaciones, gasolina, aceite, piezas, equipamiento de pesca y cerveza fría. Jack era un hombre gordo y soñoliento que había heredado el negocio a la muerte de su padre. Era un artesano capaz pero indolente. Tenía unas desvencijas gradas en las que podía sacar del agua cualquier cosa de hasta doce metros de eslora. Tenía buena mano con los motores marinos y los motores fueraborda, y si uno insistía, podía realizar reparaciones importantes en el casco. Su varadero era un increíble desorden de maderas, piezas corroídas, latas de aceite vacías, cascos demasiado arruinados como para repararlos, amarras podridas y tejadillos hundidos que cubrían sus áreas de almacenamiento.

La mayoría de los miembros del Club Náutico de Harper eran apasionados adictos al «hazlo tú mismo», lo cual parecía gustarle a Jake. Cobraba una cuota simbólica por sacar del agua las embarcaciones. No se le veía tan feliz como cuando, vestido con una camiseta sucia y pantalones de loneta, observaba a sus clientes trabajar en sus propias embarcaciones mientras él disfrutaba de su cerveza. Los hijos de los miembros del club adoraban a Jake. Él les contaba todo tipo de monstruosas mentiras acerca de sus aventuras.

El Sweet Sioux se tomó muy bien el cambio. Allí parecía casi un barco moderno. Después de la ópera, la lavandera había regresado a la taberna del barrio y estaba contenta. El motor marino ya no se averiaba. Y Sam y Carol se divertían mucho más con los asuntos del club. Sus miembros eran más jóvenes.

Sam aparcó la ranchera en la parte de atrás del varadero de Jake y comprobó que había traído lo necesario. Papel de lija, material de calafateo, sellador, pintura antiincrustante para cascos, pintura para la cubierta y barniz.

Jake, con una lata de cerveza en una mano grande y sucia, se acercó sin prisa a recibirlos cuando llegaron rodeando el cobertizo principal.

—Buenas, Sam. Qué hay, señora Bowden. Hola, niños.

—¿Lo has sacado ya del agua? —preguntó Nancy.

—Pues claro. Está ahí mismo, en el último armazón. Desde luego, necesita una mano. Lo estuve comprobando ayer. Quiero que veas una cosa, Sam.

Caminaron hasta el Sweet Sioux. Fuera del agua, parecía el doble de grande y el doble de feo.

Jake se terminó su cerveza y tiró la lata a un lado. Sacó una navaja de bolsillo, abrió la pequeña hoja y rodeó la embarcación hasta el espejo de popa. Ante la mirada de Sam, hundió la hoja de la navaja en la parte posterior de la quilla, justo por encima de la línea del fuerte. El metal entró con alarmante facilidad. Jake se incorporó y le dirigió una mirada significativa.

—¿Podrida?

—Está podrida en parte. Los últimos sesenta o noventa centímetros de quilla.

—¿Es peligroso?

—Yo diría que si no haces nada, podría darte problemas al cabo de un tiempo.

—¿Debería hacer algo ahora mismo?

—Bueno, yo tampoco diría que ahora mismo. Estoy muy liado en esta época del año y me falta tiempo para ponerme con él. Pero más tarde habría que cortar más o menos por aquí. Quitar toda esta sección. Después coger una buena pieza de madera escogida que encaje y empernar aquí, y luego poner unos refuerzos metálicos a los dos lados, aquí, y sujetar con pernos de lado a lado. Lo he mirado y todo lo demás aún sigue firme.

—¿Cuándo debería hacer eso, Jake?

—Yo diría que hasta después de que lo saque en octubre tienes tiempo. Así podrás usarlo todo el verano. Ahora ven y te enseño dónde está la peor vía de agua. Justo aquí. Mira. La tablazón ha saltado un poco y se ha abierto esta grieta de aquí. Salía mucha agua por ahí.

—¿No es demasiado grande el hueco para calafatearlo sin más?

Jake metió el brazo bajo la embarcación y sacó un delgado trozo de madera que había dejado en el larguero de la grada.

—He tallado esta pieza y parece que encaja bien. Iba a untarla con pegamento impermeable y a clavetearla en la grieta, pero aún no he tenido tiempo. Supongo que lo puedes hacer tú sin problema. Te digo dónde está el bote de pegamento. Y hoy quiero ver a los niños adelantar con el trabajo. Nada de escaparse como la última vez, Bucky. Si te pones a lijar bien, te saldrán unos buenos músculos. ¿Habéis traído a la vieja Marilyn para que eche una mano?... Pero ¿qué pasa? ¿He dicho algo que no debía?

—Vamos a por ese pegamento —dijo Sam.

De camino al cobertizo le contó lo de la perra.

Jake lanzó un certero escupitajo a una lata de aceite vacía.

—Hace falta ser un hijo de mala madre y un canalla para envenenar a un perro.

—Sí.

—Por aquí solía venir un tipo, antes de vuestra época, cuando mi padre aún estaba vivo... La mayoría de la gente dice que los peces no tienen sentimientos. Que tienen sangre fría y todo eso. Pero él solía limpiar aquí los que pescaba; los sacaba vivos del cubo y los descamaba y los fileteaba mientras aún se movían. Parecía que eso lo ponía contento. Al final lo echamos. Perdimos un comprador de cebo. Alguna gente tiene una vena de maldad. Está claro que los chicos han debido de pasar por un infierno. Esa perra no valía gran cosa si se trataba de pelear, pero estaba claro que le gustaba hacer amigos. Aquí tienes el pegamento. Espera que te dé la tapa. Usa esta maza de goma de aquí y no intentes meterlo muy deprisa. Golpes suaves, y mantenlo igualado. La setter de Don Langly tuvo otra camada hace un par de semanas. Volvió a saltar la verja... Don cree que esta vez el culpable ha sido un chow chow, pero los cachorros son de verdad una monada. Don está intentando encontrarles casa para cuando se desteten.

—Gracias, Jake. Quizá más adelante.

—A veces lo mejor es adoptar otro enseguida. Yo diría que un poco más de pegamento. Viértelo bien. Luego puedes limpiar lo que sobre.

Después de que la familia lo viese encajar la cuña en el hueco, Sam distribuyó el trabajo y todos se pusieron manos a la obra con tacos de lijado. El sol pegaba fuerte, y era una tarea extenuante. Después de media hora, Sam se quitó la camisa y la colgó en un caballete. La ligera brisa que venía del lago le refrescaba el sudor en su delgada espalda. Bucky estaba inesperadamente solemne y diligente.

Cuando Gil Burman se pasó por allí, Sam lo usó como excusa para tomarse un respiro. Jamie y Bucky se fueron corriendo con un dólar a comprarle dos cervezas y tres Coca-Colas a Jake.

—Tienes muy organizada a la cuadrilla —dijo Gil.

Gil, a sus cuarenta años, era el vicepresidente del Banco y Sociedad Fiduciaria de New Essex. Se había mudado a Harper hacía un año. Era un hombre alto, prematuramente canoso. Su mujer era una pelirroja vivaracha y parlanchina. A Sam y a Carol les caían bien Gil y Betty y disfrutaban de su compañía.

—Es un explotador —dijo Carol.

—Yo he perdido a mis ayudantes esta tarde por la carrera de cochecitos. Se están organizando.

—¿Necesita reparaciones el Jungle Queen?

—¿Y cuándo no las necesita? Esta vez son hongos en la madera del salpicadero. Maldita vieja cafetera... Nunca entenderé por qué la seguimos teniendo. Carol, ¿se ha puesto en contacto Betty contigo por lo del viernes?

—No, aún no.

—Gran velada en casa de los Burman, muchachos. Chuletones carbonizados en el jardín trasero. Ingestión intensiva de martinis. Conversación alcoholizada y peleas familiares más tarde. Estamos obligados a invitar a un montón de personajes sórdidos, así que necesitamos algunos amigos cerca para mejorar la situación.

Carol miró fugazmente a Sam y dijo:

—Nos encantaría ir, pero puede que haya una dificultad. Quizá yo tenga que irme unos días. ¿Se lo puedo confirmar a Betty a final de semana?

—Hasta el momento mismo del saque inicial. Será un fiestón.

Los niños volvieron con las Coca-Colas y las cervezas. El banco actuaba como depositario de muchos de los patrimonios representados por Dorrity, Stetch y Bowden. Mientras charlaban, Sam miró distraídamente a su familia. Carol los había puesto de nuevo a trabajar. Nancy llevaba unos pantalones rojos muy cortos, viejos y desteñidos, y una blusa sin mangas de lino amarilla. Sus piernas eran largas y morenas, y estaban bellamente torneadas. Lijaba con el taco doblada grácilmente por la cintura. Sus tersos y jóvenes músculos se contraían y se estiraban bajo su lustrosa espalda.

Cuando Gil se fue, Sam se puso a trabajar de nuevo con tenacidad, y a la una en punto Carol anunció que había llegado la hora de parar para comer. El plan era ir rápidamente a casa, comer y volver. Fue entonces cuando Nancy dijo, con bastante recato, que le había comentado a Tommy Kent lo que iban a hacer y que el chico quizá se pasaría a ayudar, así que, si no les importaba, ella prefería seguir trabajando y ellos podían traerle un sándwich, por favor.

Sam condujo hasta la casa con Carol y los chicos. Mike Turner estaba sentado en el porche delantero, esperando a Jamie. Carol preparó unos sándwiches enormes y una jarra gigantesca de té helado. Mientras envolvía el sándwich de Nancy, le dijo a Sam:

—¿Estás ansioso por volver a trabajar?

—Me gustaría terminar de pintar el casco antes de que anochezca.

—Voy a subir a Bucky a que duerma una siesta. Está completamente reventado. Va a protestar cuando se lo proponga, pero caerá frito en unos diez segundos. Ve tú y trae a los chicos en una hora o así.

Sam cogió el MG y regresó al varadero. Rodeó el cobertizo llevando el sándwich y un termo con té helado. Nancy estaba en cuclillas, lijando la curva inferior del casco, un lugar al que era difícil llegar. Levantó la cabeza y le sonrió.

—¿Nada del buen mozo a la vista?

—Aún no. Papá, nadie dice eso ya.

—¿Y qué expresión es la adecuada?

—Pues..., por ejemplo, que me hace vibrar.

—¡Dios bendito!

—Por favor, deja eso por ahí, papá. Quiero terminar esta parte primero.

Sam fue hasta el caballete y dejó el sándwich y el termo. Empezó a desabotonarse la camisa de espaldas a Nancy, pero se detuvo y se quedó inmóvil, con las yemas de los dedos tocando el tercer botón. Max Cady estaba sentado en un montón de maderas a seis metros de él. Tenía en las manos una lata de cerveza y un puro. Llevaba una camisa deportiva de punto amarilla y unos pantalones muy bien planchados en un tono azul eléctrico barato. Le sonreía.

Sam fue caminando hacia él. Le pareció que tardaba mucho tiempo en recorrer esos seis metros. La sonrisa de Cady no se inmutó.

—¿Qué está haciendo aquí?

Sam trató de no levantar la voz.

—Bueno, me estoy tomando una cerveza, teniente, y me estoy fumando este puro.

—No le quiero ver por aquí.

Cady parecía bastante entretenido con la situación.

—Ese tipo me ha vendido una cerveza y yo me he puesto a pensar en alquilar un barco... No pesco desde que era un niño. ¿Hay buena pesca en el lago?

—¿Qué es lo que quiere?

—Ese es su barco, ¿no? —Señaló con el puro, guiñando un ojo con intención obscena, y dijo—: Buen contorno, teniente.

Sam miró atrás y vio a Nancy acuclillada, los pantalones cortos tensados en torno a sus jóvenes caderas.

—Maldita sea, Cady, yo...

—Tener una familia agradable y un barco como ese y un trabajo donde puede tomarse el día libre cuando quiera debe de ser agradable. Navegar por el lago y hacer el tonto por ahí... Cuando uno está encerrado se piensan cosas así. Ya sabe. Como soñando.

—¿Qué es lo que busca? ¿Qué quiere?

Los pequeños y hundidos ojos marrones cambiaron de expresión, pero la sonrisa seguía mostrando los dientes blancos de mala calidad.

—Empezamos bastante igualados usted y yo, teniente, en el cuarenta y tres. Usted tenía una educación sofisticada y cargo de oficial y unas pequeñas barras doradas, pero los dos teníamos mujer y un hijo. ¿Sabía eso?

—Recuerdo haber oído que estaba casado.

—Me casé a los veinte años. El crío tenía cuatro cuando usted me metió entre rejas. Lo vi cuando tenía semanas. Mary me dejó cuando me cayó la perpetua. Nunca se dignó visitarme. Te lo ponen fácil cuando tienes la perpetua. Firmé los papeles legales. Y no volví a recibir una carta. Pero mi hermano me escribió y me contó que ella se casó de nuevo. Se casó con un fontanero allí, en Charleston, West Virginia. Tuvo toda una camada de críos. Mi hermano me mandó los recortes de periódico cuando se mató el chaval. Mi chaval. Eso fue en el cincuenta y uno. Tenía doce años. Se cayó de su ciclomotor debajo de un camión de reparto.

—Lo lamento.

—¿De verdad, teniente? Debe de ser usted un tipo majo. Debe de ser un tipo la mar de majo. Fui a ver a Mary cuando volví a Charleston. Por poco se cae muerta al reconocerme. Los niños estaban en el colegio y el fontanero estaba por ahí con sus cañerías. Eso fue en septiembre. Había engordado, ¿sabe?, pero seguía siendo una mujer guapa. Todas las mujeres de la familia Pratt son guapas. Gente de las montañas, de la zona de Eskdale. Tuve que romper la puerta mosquitera para poder hablar con ella. Entonces corrió y cogió uno de esos trastos de las chimeneas e intentó darme en la cabeza. Se lo quité, lo doblé por la mitad y lo tiré al fuego. Entonces salió tranquilamente de la casa y se subió al coche. Siempre tuvo mucho temperamento.

—¿Por qué me está contando esto?

—Quiero que capte el panorama, como le dije la semana pasada. La llevé hasta Huntington, que está a unos ochenta kilómetros, y nos metimos en una cabina para que ella llamase al fontanero. Para entonces hacía todo lo que yo le decía, así que hice que le dijera que se estaba tomando unas pequeñas vacaciones de él y de los niños. Colgué mientras él seguía gritando. Hice que me escribiera una carta de amor y la fechara, que me pidiera en ella que me la llevase una temporada. Hice que pusiera un montón de palabras guarras. Me quedé con ella tres días en un hotel en Huntington. Al final estaba cansado de verla lloriquear todo el tiempo y gimoteando sobre sus críos y su fontanero. Ya no tenía ganas de pelear, pero desde el primer día, cuando aún quería escaparse, había quedado marcada. ¿Está captando el panorama, teniente?

—Creo que sí.

—Cuando me harté de ella, le dije que si alguna vez se le ocurría dar un toque a la pasma, le enviaría una fotocopia de la carta al fontanero. Y también me pasaría por allí para tirar a un par de los hijos del fontanero debajo de un camión de reparto. Se quedó muy impresionada. Tuve que meterle en el cuerpo casi tres cuartos de litro de licor para que perdiera el conocimiento. Entonces la subí al coche y cruzamos el río Big Sandy y entramos en Kentucky y, cuando vi uno de esos moteles de mala muerte cerca de Grayson, me la puse al hombro y la metí en una vieja carraca que estaba aparcada allí. Después, a un kilómetro y medio volviendo por la carretera, tiré sus zapatos y su vestido en un campo. Le di una buena oportunidad de encontrar el camino de vuelta a casa.

—¿Pretende asustarme con todo eso?

—No, teniente. Esto solo es parte del panorama. En la cárcel tuve mucho tiempo para pensar. Ya sabe. Me acordaba de cómo era ella cuando nos casamos. Yo estaba de permiso y había vuelto a Charleston. Tenía veinte años, estábamos en 1939, y me quedaban dos años en la marina. No pensaba en casarme, pero ella había venido a la ciudad con su familia el sábado por la noche. Acababa de cumplir diecisiete, y solo con mirarlos se veía que eran gente de las montañas. Mi familia provenía de la zona de Brounland, y después se trasladó a Charleston. Los seguí por toda la ciudad, sin quitarle nunca los ojos de encima a Mary. Por la noche, cuando cerraban las celdas, me acordaba de aquel sábado por la noche, y de la boda, y de cuando vino a Luisiana cuando estábamos de maniobras antes de embarcar. Quería estar a mi lado. Era una chica religiosa. Venía de un gran clan de predicadores, pero eso no le impedía gozar de un buen revolcón.

—No quiero oír nada de esto.

—Pero lo va a oír, teniente. Tiene que ponerse al día. Yo le voy a poner al día. Cuando me enteré por mi hermano de que se había casado otra vez, lo planeé todo, exactamente como luego lo hice. Lo cambié solo un poco. Me la iba a quedar toda una semana en lugar de tres días, pero perdió las ganas de luchar demasiado deprisa.

—¿Y qué?

—Se supone que es usted un abogado importante y muy listo, teniente. Yo pensaba en ella y, naturalmente, pensaba en usted.

—¿Y tiene planes para mí?

—Caliente, caliente. Pero no podía hacer planes para usted porque no sabía cómo lo tenía usted montado. Ni siquiera estaba seguro de poder localizarlo. Tenía la maldita esperanza de que no lo hubieran matado o hubiera muerto por enfermedad.

—¿Me está amenazando?

—No le estoy amenazando, teniente. Como he dicho, empezamos bastante igualados. Y ahora me lleva una mujer y tres hijos de ventaja.

—Y quiere que estemos de nuevo igualados...

—Yo no he dicho eso.

Se quedaron mirándose. Cady seguía sonriendo. Parecía estar a sus anchas. Sam Bowden no encontraba la manera de manejar la situación.

—¿Envenenó usted a nuestra perra?

—¿Perra? —Cady abrió mucho los ojos con sorpresa burlona—. ¿Envenenar a su perra? Pero, teniente, ¡usted me calumnia!

—¡Hable claro!

—¿Que hable claro sobre qué? No, yo no envenenaría a su perra, igual que usted no haría que me siguiera un detective. Usted no haría una cosa así.

—¡Fuiste tú, sucio bastardo!

—Debo ir con cuidado. No puedo darle un puñetazo, teniente. Me detendrían por asalto. ¿Quiere un puro? Son de los buenos.

Sam le dio la espalda, impotente. Nancy había dejado de trabajar. Los estaba mirando atentamente. Tenía los ojos entornados y se mordía el labio inferior.

—Tiene unas buenas tetas la niña, teniente. Casi tan jugosas como las de su mujer.

Sam se volvió y golpeó a ciegas. Cady dejó caer la lata de cerveza y paró hábilmente el puñetazo con la palma de la mano derecha.

—Se puede dar un golpe por sorpresa una vez en la vida, teniente. Usted ya dio el suyo.

—¡Fuera de aquí!

Cady se había levantado. Se puso el puro en la comisura de los labios y habló sin quitárselo de la boca:

—Claro. Quizá más tarde capte usted todo el panorama, teniente.

Se fue caminando hacia el cobertizo, moviéndose con soltura y ligereza. Se volvió a sonreírle a Sam; después agitó el puro en dirección a Nancy y dijo:

—Nos vemos, preciosa.

Nancy fue a donde estaba Sam.

—Es él, ¿verdad? ¡Papá! ¡Estás temblando!

Sam, ignorándola, lo siguió por todo el cobertizo. Cady se puso al volante de un viejo Chevy gris. Sonrió en dirección a Sam y a Nancy, arrancó y se fue.

—Es *ese*, ¿verdad? ¡Es horrible! Al mirarme me hormigueaba toda la piel, como cuando miras unos gusanos.

—Ese es Cady —dijo Sam.

Su voz sonó inesperadamente ronca.

—¿Por qué ha venido *aquí*?

—Para poner un poco más de presión. Dios sabe cómo

averiguó que estaríamos en el club. Me alegro de que tu madre y los niños no estuvieran.

Caminaron de vuelta al barco. Sam bajó la vista hacia su hija, que caminaba junto a él. Su expresión era solemne y pensativa. Aquel no era un problema que le afectara solo a él y a Carol. Los niños estaban dentro de la órbita.

Nancy volvió la mirada hacia él.

—¿Qué vas a hacer al respecto?

—No lo sé.

—¿Y qué va a hacer él?

—Eso tampoco lo sé.

—Papá, ¿te acuerdas hace mucho tiempo, cuando era pequeña, las pesadillas que tuve después de que fuéramos al circo?

—Me acuerdo. ¿Cómo se llamaba aquel mono? Gargantúa.

—Eso es. El lugar donde estaba encerrado tenía paredes de cristal, y tú me sujetabas de la mano y él se dio la vuelta y me miró directamente, a mí. A nadie más de los que estaban allí. Directamente a mí. Y sentí que algo dentro de mí se encogía y moría. Aquello era algo salvaje que no tenía derecho a estar en el mismo mundo que yo. ¿Entiendes lo que quiero decir?

—Por supuesto.

—Ese hombre es un poco así. Quiero decir que me dio un poco la misma impresión. La señorita Boyce diría que no estoy siendo realista.

—¿Y quién es la señorita Boyce? Ya he oído antes ese nombre...

—Ah, es nuestra profesora de Literatura. Nos ha estado contando que las buenas obras de ficción son buenas porque en ellas hay un desarrollo de los personajes que muestra que nadie es completamente bueno o completamente malo. Y en las malas novelas los héroes son cien por cien heroicos y los villanos, cien por cien malos. Pero yo creo que ese hombre es malo del todo.

«Nunca antes —pensó Sam— habíamos sido capaces de hablar de igual a igual como dos adultos sin timidez...».

—Supongo que podría entender a ese hombre si me lo propusiera. La suya era una profesión sucia y brutal, y tuvo un caso de neurosis de guerra, y de eso pasó directamente a la cadena perpetua y a los trabajos forzados... Y aquel es un entorno embrutecedor. Supongo que no lo entendió como una recompensa por los servicios prestados. De modo que tuvo que encontrar a alguien a quien culpar, y no se podía culpar a sí mismo. Yo me convertí en el símbolo. No me ve. No ve a Sam Bowden, abogado, dueño de una casa, padre de familia. Ve solo al teniente, al joven abogado militar lleno de rectitud puritana que le arruinó la vida. Ojalá me pudiera tomar esto como uno de esos héroes cien por cien heroicos que mencionas. Ojalá no tuviera una mente llena de reservas y racionalizaciones.

—En clase de Psicología, el señor Proctor nos dijo que toda enfermedad mental es un estado en el que el individuo no puede hacer una interpretación racional de la realidad. Tuve que memorizar eso. Así que si el señor Cady no puede ser racional...

—Yo creo que es un enfermo mental.

—Entonces ¿no deberían tratarlo?

—La ley de este estado está diseñada para proteger a la gente de que la internen injustamente. Un pariente cercano puede firmar los papeles de internamiento para encerrar a una persona durante un periodo de observación, normalmente de sesenta días. O, si esa persona comete un acto de violencia o actúa en público de manera irracional, se la puede internar a partir del testimonio de agentes de la ley que hayan presenciado ese acto violento o irracional. No hay otra manera.

Se volvió hacia el barco y pasó los dedos por la parte lijada.

—Así que no se puede hacer gran cosa...

—Te agradecería que anularas tu cita de esta noche. No te lo estoy ordenando. Probablemente estarías a salvo, pero nosotros no sabríamos que estás a salvo.

Nancy lo pensó unos instantes con el ceño fruncido.

—Me quedaré en casa.

—Supongo que ya podemos abrir la pintura.

—De acuerdo. ¿Le vas a contar esto a madre?

—Sí. Tiene derecho a saber todo lo que ocurre.

Tommy Kent apareció unos minutos antes de que volvieran Carol y los niños. Era un chico flaco y guapo, suficientemente educado, divertido y cortés. Le dieron una brocha y se puso a pintar con Nancy en la misma área del casco, cada uno poniendo objeciones al chapucero trabajo del otro. Sam se alegró de ver cómo ella se comportaba con el muchacho. Nada de miradas derretidas. Sin rastro de adoración. Era brusca con él, se defendía verbalmente con descarada confianza en sí misma y con la seguridad que da la autoestima, serenamente consciente de su propio atractivo. Sam se sorprendió al ver lo profesionalmente afiladas que estaban sus jóvenes armas y de que las manejase con aquel aire de haber practicado mucho. Lo trataba como a un hermano mayor algo incompetente, lo cual era, por supuesto, la táctica correcta con un chico popular del colegio como Tommy Kent. Sam, mientras pintaba cerca de la proa y les echaba miradas de reojo, solo fue capaz de detectar un fallo en la absoluta naturalidad de su hija: no adoptaba ninguna pose o actitud desgarbada o poco elegante. En eso mostró tanto cuidado como si estuviera bailando. La oyó anular la cita. Se disculpó lo justo para no parecer desconsiderada y con la suficiente vaguedad como para despertar sospechas y celos. Sam vio la expresión sombría y ceñuda de Tommy cuando Nancy se giró un instante, y pensó: «Muchacho, te acaba de clavar el anzuelo. Tiene la punta de la caña bien alta y controla el arrastre a la perfección, y cuando llegue el momento, va a ser igual de experta con la red, y tú aletearás en el fondo de la barca con los ojos dando vueltas y las agallas temblorosas. Pike Foster no tuvo ninguna oportunidad, y ahora ella está lista para la caza mayor».

Carol, al llegar, hizo que Nancy dejara de trabajar un rato para tomarse su té y su sándwich, y cuando los cuatro jóvenes se pusieron a pintar otra vez, Sam compró dos cervezas, llevó a Carol a uno de los muelles medio hundidos de Jake y se sentó a su lado con los pies colgando justo sobre el agua. Allí le contó que había visto a Max Cady.

—¡Aquí! —dijo ella con los ojos muy abiertos—. ¿Aquí mismo?

—Estaba aquí cuando volví, mirando a Nancy. Y cuando miré a Nancy, me pareció verla del modo en que la veía él, y nunca me ha parecido tan desnuda, ni siquiera con aquel biquini que le dejas ponerse cuando estamos en la isla sin invitados.

Carol le apretó la muñeca con fuerza histérica, cerró los ojos y dijo:

—Eso me pone enferma. ¡Oh, Dios, Sam! ¿Qué vamos a hacer? ¿Hablaste con él? ¿Averiguaste algo sobre Marilyn?

—Hablé con él. Al final perdí los estribos. Traté de pegarle. Fui tremendamente eficaz. Intenté golpearle mientras estaba sentado. Lo mismo habría valido tirarle una pelota de tenis. A traición. Sus puñeteros antebrazos son tan grandes como mis muslos, y es rápido como una comadreja.

—¿Y Marilyn?

—Lo negó. Pero lo negó de un modo que era lo mismo que decir que lo hizo él.

—¿Qué más dijo? ¿Lanzó alguna amenaza?

Por un momento, Sam estuvo tentado de guardarse la historia de la mujer de Cady, pero se abrió camino en ella tratando de hacer un relato directo y carente de emoción sin apartar los ojos del agua verde de la ensenada. Carol no lo interrumpió. Cuando Sam terminó y alzó la mirada hacia ella, fue como si de pronto, trágicamente, se hubiera convertido en una mujer mucho mayor. Él se enorgullecía de que, a sus treinta y siete años, ella se conservase joven, de cómo parecía consistentemente tener treinta y, en momentos especiales, unos alegres y milagrosos veinticinco años. Ahora Sam vio por primera vez en ella, con los hombros encogidos y el rostro huesudo y demacrado, qué aspecto tendría cuando fuera muy mayor.

—Es horrible...

—Sí.

—Esa pobre mujer... Y qué forma tan repulsiva de amenazarnos. De forma indirecta. ¿Nancy supo quién era?

—No se fijó en él hasta el final. Al vernos hablar, supongo. Cuando le lancé mi ridículo puñetazo, lo supo. Después de que Cady se marchase, hablé con ella. Dijo cosas muy coherentes. Me siento muy orgulloso de ella. Anuló voluntariamente su cita de esta noche.

—Me alegro. ¿Verdad que Tommy es agradable?

—Bastante agradable, pero no empieces a hablar como si ella tuviese dieciocho. Tommy está hecho de mejor pasta que Pike. Y ella parece capaz de manejarlo bastante bien. No sé dónde habrá aprendido...

—No es algo que se aprende.

—Supongo que lo ha heredado de ti, cielo. Aquel día, allí estaba yo, a lo mío, mirando alrededor para encontrar un sitio en la cafetería...

Estaba intentando hablar con ligereza, pero sabía que no estaba logrando el efecto deseado. Carol tenía la cabeza inclinada y Sam vio lágrimas colgando de sus pestañas. Le puso una mano en el brazo.

—Todo irá bien —dijo. Carol sacudió con fuerza la cabeza—. Bébete la cerveza, nena. Mira. Es sábado. El sol brilla. Allí están todos nuestros retoños. Saldremos de esta. No se puede tumbar a los Bowden.

La voz de Carol sonó ahogada:

—Tú ve con ellos a ayudar. Yo me quedo aquí un rato.

Sam, al coger la brocha, miró atrás. Carol parecía muy pequeña sentada en el muelle. Pequeña, encogida y muerta de miedo.

CAPÍTULO CINCO

Había conocido a Carol un viernes a mediodía, a finales de abril de 1942, en la cafetería Horn and Hardart, cerca del campus de la Universidad de Pennsylvania. Sam estaba en su último año de Derecho. Ella estaba en el último año del primer ciclo.

Al no ver sitios libres en la primera planta, subió las escaleras cargado con su bandeja. La planta de arriba estaba casi igual de abarrotada. Miró hacia el otro extremo de la sala y vio a una chica excepcionalmente guapa sentada sola a una mesa para dos. Estaba leyendo un libro de texto. Un año antes, jamás se habría acercado a decirle «¿te importa?» mientras ponía la bandeja en equilibrio sobre una esquina de la mesa. No era especialmente tímido, pero siempre le había costado acercarse a una chica desconocida. Sin embargo, era 1942, y había un nuevo y temerario sabor en el mundo. Las costumbres estaban cambiando rápidamente. Sam había hincado los codos en serio, y era abril, y se notaba el aroma de la primavera, y la verdad es que aquella chica era muy guapa.

—¿Te importa?

Ella le echó una mirada rápida y fría y volvió a su libro.

—Adelante.

Sam dejó su bandeja, se sentó y empezó a comer. Ella había terminado su almuerzo y estaba comiendo tarta de queso, cogiendo trozos muy pequeños con el tenedor, haciendo que durase. Como no mostraba ninguna intención de levantar la vista, Sam se sentía a salvo mirándola. Era agradable mirarla. Largas pestañas negras, una frente bonita y pómulos marcados, cabello curiosamente áspero. Llevaba un traje de dos piezas verde y una blusa amarilla con finos volantes en el cuello. Pensó tristemente en algunos de sus amigos más extrovertidos, en la finura y la confianza con las que podían iniciar una conversación. Pronto ella se acabaría su tarta de queso y su café y se iría, quizá tras echarle otra miradita helada. Y entonces él podría quedarse sentado y pensar en lo que tenía que haberle dicho.

De pronto reconoció el libro de texto que estaba leyendo. Él lo había usado cuando estudiaba el primer ciclo. *Psicología anormal*, de Durfey. Tras varios ensayos mudos, le dijo con la mayor indiferencia posible:

—Esa asignatura me hizo pasar un mal rato.

Ello lo miró como sorprendida de ver a otra persona sentada a la mesa.

—¿Ah, sí? —dijo, y volvió a su libro.

No era una pregunta. Era el final de toda conversación.

Sam siguió debatiéndose en vano:

—Yo tenía... tenía objeciones sobre la vaguedad de la materia. Usan etiquetas, pero no parece que puedan medir... las cosas.

Ella cerró lentamente el libro, dejando un dedo entre las páginas para marcar el lugar. Lo miró a él y su plato. Sam deseó haber pedido algo más digno que salchichas y alubias.

—¿Es que no conoces las reglas? —dijo ella en tono glacial.

—¿Qué reglas?

—Las reglas no escritas. No puedes iniciar una conversación con las alumnas de esta gran universidad. Somos unas cositas aburridas, mal vestidas y miopes a las que los chicos llamáis «macutos». Ninguna merecemos vuestra señorial atención. Si un dichoso miembro de una fraternidad comete el error social de llevar a un «macuto» a un acto de la fraternidad, recibe miradas de desprecio. Así que, ¿por qué no te largas a Bryn Mawr y pruebas suerte allí?

Sam notó cómo su rostro se ponía rojo y sudoroso. Ella abrió de nuevo su libro de texto. La timidez de Sam se transformó en ira.

—De acuerdo. Te he dirigido la palabra. Si no querías hablar, haberlo dicho. Pero ser guapa no te da ningún derecho especial a ser grosera. Yo no he establecido esas reglas no escritas. No salgo con estudiantes aquí porque resulta que estoy comprometido con una chica en Nueva York.

Ella no hizo ningún ademán de haberle escuchado. Sam quiso clavar su tenedor en una salchicha, pero esta le saltó al regazo. Mientras la volvía a poner en el plato, ella habló sin levantar la vista:

—Entonces, ¿por qué intentas ligar conmigo?

—¿No te parece que estás siendo un poco arrogante?

Ella lo miró con los labios fruncidos. Sam vio que sus ojos eran de un marrón tan oscuro que eran casi negros.

—¿Tú crees?

—Arrogante y también insegura. No tengo ninguna intención de ligar contigo. Y si la tenía, ya me he curado, amiga mía.

Ella le sonrió con malicia, una ancha sonrisa de niña traviesa que se burlaba de él.

—¿Lo ves? Admites que se te había ocurrido.

—¡Eso no es verdad!

—Para la mayoría de la gente es casi imposible ser honesto y sincero, ni siquiera un poco. Desde luego, tú no parece que lo seas.

—Soy completamente honesto conmigo mismo.

—Lo dudo. Veamos si eres capaz. Imagina que cuando abriste con tu pequeño y triste gambito, yo muerdo el anzuelo como un pez hambriento. Y que tenemos una conversación real y honesta sobre la asignatura. Entonces ves que estoy jugueteando con esta tarta de queso y vas y me pides otro café, y yo reacciono como si te hubieras abierto paso a través de una muralla de carne humana para traerme esmeraldas. Y después salimos juntos de la cafetería, y tú tienes, por ejemplo, una clase a las dos y hemos remoloneado tanto que solo te quedan cinco minutos para llegar. Y ahora sé honesto. Estamos de pie en la entrada. Y yo, con un asomo de sonrisa afectada, digo que ha sido superinteresante hablar contigo. Esta es tu oportunidad de ser honesto. ¿Te saltarías tu clase de las dos solo para acompañarme a mi pequeña y sórdida residencia?

—Por supuesto que no.

Ella lo miró con aquella exasperante sonrisa. Sam buscó en su interior. Suspiró.

—De acuerdo. Sí —dijo—. Pero hay algo inexacto e injusto en todo esto.

Ella extendió la mano.

—Felicidades. Eres casi honesto. Me llamo Carol Whitney. —Su apretón fue firme, y enseguida retiró la mano—. Y, para tu información, estoy comprometida con un tipo maravilloso que en este momento está en Pensacola aprendiendo a volar. Así que no habrá ni sonrisas afectadas ni aleteos de pestañas.

—Sam Bowden —dijo él, y asintió en dirección al libro—. Esa asignatura me hizo pasar un mal rato.

—Buena recuperación. Creo que me caes bien, Sam Bowden. Pues resulta que a mí se me da muy bien. ¿Cuánto tiempo hace de aquel mal rato?

—Un par de años. Ahora estoy en la facultad de Derecho. Último año.

—Y después ¿qué?

—Algo que tenga que ver con la guerra, supongo. Claire ha insistido en que termine la carrera en lugar de hacer lo que ella llama «una tontería». Su padre tiene una fábrica en New Jersey y recibe un montón de contratos militares. Claire ha estado haciendo campaña para que me ponga a trabajar con él. Él está dispuesto, y me garantiza un aplazamiento del servicio. Aún no me he decidido. Nos casaremos en cuanto termine la carrera. ¿Todo el mundo te cuenta su vida?

—Soy una de esas personas que saben escuchar. Bill y yo nos casaremos en cuanto se convierta en piloto. No soy la heredera de una fábrica de armamento en New Jersey, pero, aunque lo fuera, tampoco podría sacarlo de la guerra. Está muy emocionado. Creo que no me atrevería a impedirle ir.

Sam la invitó a otro café. Después salieron juntos de la cafetería, y él le dijo:

—Te acompaño a tu sórdida residencia.

—¿No me llevas en un flamante descapotable?

—De eso nada. Pertenezco a la clase trabajadora.

Empezaron a caminar juntos despacio.

—Los primeros dos años fueron pan comido —le dijo—. Luego mi padre murió. Con trabajos de verano y de media jornada me las he apañado para aguantar. Pero hace tres meses dejé de trabajar porque he ahorrado lo suficiente como para terminar si voy con cuidado, y quiero invertir todo el tiempo que pueda en estudiar. Es una extraña situación cuando el patriotismo tiene que competir con el dólar.

—¿Qué quieres decir?

—Mi hermano y yo tenemos que mantener a mi madre. Con lo que gana ella no le llega. Mi hermano está casado, pero no tiene hijos. Mi madre vive con ellos en Pasadena. Y a George lo van a llamar a filas en breve. Esa es una buena razón para que yo no haya podido dejar esto y alistarme. El dinero que ganan dos soldados puede ser más bien escaso...

—De modo que la fábrica de New Jersey pinta bien...

—O al menos un cargo de oficial en el ejército, si lo consigo.

—Yo no tengo ni un céntimo. Soy hija única. Mi madre murió hace diez años. Papá se las arregla para mandarme lo justo para ir tirando. Ha trabajado toda su vida en los campos petrolíferos. Cada vez que ahorra un poco, se va a perforar un pozo por su cuenta, y los agujeros siempre están secos, pero él nunca tira la toalla.

Cuando llegaron a la residencia de estudiantes, Sam hizo la pregunta crucial. Ella dudó y después respondió:

—Sí, mañana comeré en el mismo sitio a la misma hora.

A finales de aquella semana, ya pasaban juntos cada rato libre que tenían. Hablaban de todo lo que existe en el universo. Cada uno se decía que era una relación perfectamente platónica. A menudo se confesaban el uno al otro su amor y su devoción hacia Bill y Claire. Y decían que ni Bill ni Claire podían tener nada que objetar a una amistad honesta entre un hombre y una mujer. Sam, aunque robaba tiempo a sus libros para estar con ella, sentía que su mente estaba más rápida y fresca que nunca, y era capaz de trabajar con tanta eficacia que no tenía dudas de que estaba aprovechando su tiempo. No tenían dinero. Pero era primavera en Filadelfia, y ellos caminaban kilómetros y kilómetros, y se sentaban en los parques, y hablaban y hablaban y hablaban. Era tan solo una amistad honesta. No tenía importancia que cuando la veía caminar hacia él, se le cerraba la garganta.

Sam escribía y llamaba a Claire, como era su deber. Carol escribía a Bill y le leía a Sam las cartas de este, y cuando se saltaba algún pasaje íntimo, Sam se llenaba de una oscura furia. A ella le decía que Bill parecía un tipo agradable. Pero estaba convencido de que Bill era un fanfarrón, un peso ligero mental y un inmaduro incurable. Como venganza, le leía las perfumadas cartas de Claire a Carol, y se sentía avergonzado de lo superficial que sonaba su prometida...

Aquello llegó al inevitable punto de inflexión en un parque a medianoche, una noche suave y estrellada de finales de mayo. Habían hablado de la guerra y de su infancia y de música y de los pinos y de las mejores razas de perro. Entonces ella dijo que tenía una clase a las ocho de la mañana y los dos se pusieron de pie, el uno frente al otro. El rostro de ella quedaba apenas iluminado por una farola distante. Hubo un curioso silencio mientras él le ponía las manos en los hombros. Ella se echó en sus brazos sin reservas y el largo y hambriento beso los alteró tanto que perdieron el equilibrio. Se sentaron en el banco y él tomó su mano durante un largo y maravilloso silencio mientras ella echaba la cabeza hacia atrás para mirar las estrellas justo encima de ellos. Se besaron otra vez, y la necesidad y la urgencia crecieron hasta que ella lo apartó suavemente.

—Va a ser un tremendo horror contárselo a Bill.

—Y a Claire.

—A Claire, que la zurzan.

—Y a Bill. Es un problema matemático sencillo. Hacemos a dos personas felices y a dos personas infelices, en lugar de hacer a cuatro personas infelices.

—La racionalización más antigua del mundo, cariño.

—Por favor, repite eso.

—La racionaliz...

—Solo la última palabra.

—¿Cariño? Dios, hace semanas que te llamo así, aunque no en voz alta. Y hay un montón de palabras más. Vamos a revisar la lista completa. Tú primero.

Se quedaron despiertos toda la noche. Terminaron la carrera. Devolvieron los anillos de compromiso por correo. Se casaron. Estaban convencidos, de forma sublime y total, de que jamás en la historia de la humanidad dos personas habían estado tan enamoradas o estaban hechas de forma tan perfecta la una para la otra. Fue una modesta boda civil. Un inesperado cheque del padre de Carol les permitió mantenerse mientras Sam solicitaba y obtenía un cargo militar y se presentaba en Washington para ingresar a filas. Aquella habitación alquilada en un edificio de ladrillo de Arlington fue un paraíso especial para ambos.

Carol fue con él a la costa Oeste y pasaron juntos las tres semanas que Sam tuvo que esperar en Camp Anza antes de embarcar. Para entonces, George llevaba ya seis meses en el ejército. Carol, con su encanto, se ganó a la madre de Sam y a su cuñada, y todos convinieron en que se quedaría con ellos en lugar de volver a Texas con su padre. Estaba embarazada de siete meses cuando se marchó Sam, contento de que se quedase con su madre y con Beth.

Zarpó a comienzos de mayo de 1943 y regresó a Estados Unidos en septiembre de 1945 como el capitán Bowden, con un intenso bronceado obtenido a lo largo de cuarenta días bajo la escotilla de lona azul de un barco de transporte de la armada. Regresó a un mundo muy cambiado. A George lo habían matado en Italia en 1944, y su madre había muerto dos meses después. El padre de Carol había muerto en un accidente en un pozo petrolífero en Texas y, tras los gastos del funeral y la venta de sus posesiones, habían quedado mil quinientos dólares de herencia. Sam solicitó y recibió su licenciamiento en California. Se mudó a la pequeña casa alquilada de Pasadena y empezó a familiarizarse con su mujer y con su hija, a la que nunca había visto. Dos semanas después de su llegada asistieron a la boda de Beth. Se casó con un hombre mayor, un viudo que se había portado bien con las dos mientras vivían solas.

Dos semanas más tarde, tras largas conversaciones telefónicas con Bill Stetch, estaban en New Essex, en una casa alquilada, y Sam se puso a empollar para su examen de acceso a la abogacía. Y aquella Nochebuena, Carol anunció, con fingida indignación y con mordaces comentarios dirigidos a todos los militares en general y a un tal capitán Bowden en particular, que, según había descubierto, estaba «un poquito embarazada»...

Sam pintaba el casco del barco con largos brochazos, medio atento a la cháchara de los niños. Buenos años. Los mejores años. Mucho amor, y un éxito que había sido uniforme y gratificante, aunque no espectacular.

Se alegró cuando Carol se alejó del muelle, y se puso a trabajar. Bucky, sin que nadie se diera cuenta, había decidido pintar la parte de abajo del casco. Tenía una brocha grande y le gustaba empaparla bien de pintura. Había estado pintando justo encima de su cabeza. Carol dio un agudo grito al verlo. Bucky estaba embadurnado de un blanco espantoso y uniforme, como un payaso con maquillaje completo. Todos dejaron de pintar, cogieron trapos y aguarrás y se pusieron a limpiar a Bucky. Él, lleno de estridente resentimiento, se resistía con violencia. Cuando estuvo más o menos limpio, todos los niños se fueron al club náutico a cambiarse y a darse un chapuzón en el muelle de enfrente. Carol y Sam terminaron de pintar.

El lunes por la mañana, después de leer el correo y de cambiar algunas citas, Sam fue a ver al capitán Mark Dutton a la comisaría de policía de New Essex a las once en punto. La comisaría era un edificio adyacente al ayuntamiento, y el despacho de Dutton se encontraba en el ala nueva. Era el capitán de inspectores, un hombre de aspecto ordinario vestido con un traje gris ordinario. Sam lo había visto una o dos veces antes en actos municipales. Dutton tenía el pelo gris y modales tranquilos. Podía haber sido un corredor de bolsa, un agente de seguros, un agente de publicidad..., hasta que te miraba directamente. Entonces uno veía los ojos de policía y la mirada de policía: directa, escéptica y llena de una sabiduría dura y cansada. El pequeño despacho estaba ordenado. La parte frontal era de cristal y daba a una gran oficina con la mitad de las mesas vacías y las paredes cubiertas de ficheros grises.

Después de darse la mano y de que Sam se sentase, Dutton dijo:

—¿Se trata del mismo asunto por el que vino a verme Charlie Hopper?

—Sí. Es sobre Max Cady. Charlie creía que ustedes podrían... acosarlo un poco. No quiero pedir ningún favor especial, como se imaginará. Pero creo que es un hombre peligroso. Sé que es peligroso.

—Charlie es un político. Su primer objetivo es hacer felices a las personas. Su segundo objetivo es hacer que las personas crean que son felices.

—Entonces, ¿usted no le prometió nada?

—Detuvimos a Cady y lo retuvimos aquí mientras comprobábamos los datos.

—Charlie me lo contó. No lo buscan en ninguna parte.

—No. Ha pagado su deuda con la sociedad, como se suele decir. Puede justificar el coche y el dinero. No es un indigente. Debido a la naturaleza de su única condena en su historial, añadimos una ficha suya en el fichero de los degenerados.

—Capitán, es posible que lo busquen en otro sitio. Es decir, si estuviera usted dispuesto a tomar alguna medida adicional...

—¿Qué quiere decir?

Sam le contó el relato de Cady sobre el secuestro y la violación de su exmujer. Con la precisión de una mente formada en el campo legal, fue capaz de recordar e incluir todos los hechos pertinentes. Dutton sacó una libreta y tomó notas mientras Sam hablaba.

—¿No sabe el apellido?

—No, pero no debería ser difícil encontrarla.

Dutton miró sus notas.

—Se la puede encontrar. Deje que le haga una pregunta. ¿Cree que Cady pudo haberse inventado esa historia... para meterle miedo?

—En mi profesión, capitán, he oído muchas mentiras. Yo diría que estaba diciendo la verdad.

Dutton frunció el ceño y se estiró el lóbulo de la oreja.

—Estamos tratando con un animal muy astuto. Si es verdad, sabe que le dio suficientes detalles como para que demos con esa mujer. Así que debe de estar condenadamente seguro de que ella está demasiado acobardada como para interponer una denuncia. Por otra parte, me he cruzado en alguna ocasión con esa gente de las montañas. No son muy proclives a pedir ayuda a la justicia, ni siquiera cuando no están acobardados.

—Pero ¿lo intentará usted?

—Se lo comentaré a la gente de Charleston y veré si pueden hacer algo. Existe la posibilidad de que ella nunca volviera a casa, ¿entiende? Pero probablemente volvió... Por los niños. Yo que usted no me haría muchas ilusiones al respecto, señor Bowden.

—Si esto no funciona, capitán, ¿no podría usted forzar a alguien a abandonar la ciudad?

Dutton asintió.

—En alguna ocasión lo hemos hecho, pero no es frecuente. La última vez fue hace tres años. Esta es una ciudad bastante limpia. La más limpia de este tamaño en todo el estado. Eso no significa que esté impecablemente limpia, señor Bowden. Sino que hemos mantenido fuera de ella el crimen organizado. Dejamos que algunos operarios de menor rango sigan en el negocio, porque siempre existe cierto nivel de demanda. Cuando intentan hacerse demasiado grandes, o cuando intentan pasarse a un negocio legítimo, o cuando maltratan a algún contribuyente, los reprimimos deprisa y con fuerza. Cuando una organización criminal trata de instalarse aquí, protegemos a nuestros pequeños operarios. A cambio, estos contribuyen a ambos partidos políticos y al Fondo de Beneficencia de la policía y nos mantienen informados sobre cualquier espontáneo que llegue a la ciudad tratando de apuntarse un tanto. Le hablo con franqueza y de manera no oficial. La prueba de lo que digo se puede encontrar en las estadísticas del FBI. Tenemos un índice bajo en casi todas las clasificaciones de delitos, y eso que hace veinte años teníamos uno de los más altos del estado. La gente de Christer siempre intenta jugárnosla por conspirar con nuestros granujas domesticados. Mantenemos en pie el negocio del diablo que conocemos y dejamos fuera al diablo que no conocemos. Pero no podemos permitir que ellos lo vean. Es seguro caminar de noche por las calles de New Essex. A mí, con eso me basta. Sé que estamos haciendo nuestro trabajo. Hace tres años, dos de esos peces gordos de Chicago-Miami-Las Vegas se dejaron caer por la ciudad con sus gafas de sol, sus maletas de cuero de cerdo, un Cadillac color lavanda y un par de secretarias rubias de las que no saben escribir a máquina. Se instalaron en unas suites del New Essex House y empezaron a circular. Querían «sindicar» a nuestros operadores domesticados. El jefe Turner, el alcalde Haskill, el comisario Goldman y yo tuvimos una reunión. Pusimos a diez de nuestros mejores hombres en la zona. Interpretamos la ley a nuestra manera. Si los hubiéramos dejado en paz, habríamos tenido problemas. Problemas de los gordos. Así que les creamos nosotros problemas a ellos. No podían ni darse la vuelta sin violar alguna ordenanza de la que nunca habían oído hablar. Pusimos micrófonos en ambas suites, y eso nos dio algunas pistas. En las dos ocasiones en que las rubias salieron del hotel, las detuvimos, las trajimos a la comisaría y les pusimos unas fuertes multas por prostitución, además de los análisis de sangre y las exploraciones físicas de rigor. Nunca se ha visto a dos excoristas más enfadadas. Hicieron falta cuatro días y cinco mil seiscientos dólares para que se dieran por vencidos. Comprobamos la ruta que seguían para irse de la ciudad y alertamos a los muchachos de la policía estatal y del condado. Los detuvieron cuatro veces por exceso de velocidad antes de que cruzaran la frontera del estado. Exceso de velocidad y conducción bajo los efectos del alcohol. Todos tenían permisos de conducir, y se los quitamos a todos menos a una de las chicas, para que pudieran salir del estado. Nunca han vuelto. Pero, tarde o temprano, alguien lo intentará de nuevo. Aquí hay dinero. Y donde hay dinero se puede vender vicio organizado.

—¿Y no le podría hacer algo así a Cady?

—Podría hacerse. Harían falta un montón de hombres y mucho tiempo. Yo mismo eché un vistazo al tipo mientras lo teníamos en el taller. Ese hombre no se va a asustar, y no se puede dañar su dignidad, porque no tiene.

—¿Lo hará usted?

Dutton balanceó un lápiz amarillo en su grueso dedo índice, miró con seriedad a Sam y dijo:

—No.

—¿Puede darme una razón, capitán?

—Puedo darle muchas razones. Una: tenemos una población de ciento treinta mil habitantes. El tamaño de nuestra fuerza policial es el mismo, en personal aunque no en equipamiento, que cuando la población era de ochenta mil habitantes. Nos falta personal y equipamiento, y estamos mal pagados y sobrecargados de trabajo. Cuando surge algo, tengo que pedir a agentes de permiso que vuelvan al trabajo, y pedirles disculpas porque no podemos pagarles las horas extras. Y las madres siguen manifestándose delante del ayuntamiento porque no podemos poner más hombres en los cruces cercanos a los colegios. Dos, y esto es algo que usted, como abogado, podrá entender: sentaría un curioso precedente. Nosotros usamos medios extralegales y un montón de tiempo y personal cuando se trata de evitar una amenaza concreta para toda la comunidad, no para un solo individuo. Si hiciera lo que me pide, me harían preguntas. Si Cady contratara al picapleitos adecuado, y perdone el término, las cosas se pondrían muy calientes por aquí. Y, además, los hombres a quienes encargase su caso tendrían mucha curiosidad sobre esa tarea extra. Tres: usted no es un residente de esta ciudad. Trabaja aquí, pero su casa no está aquí. No paga impuestos municipales. Su empresa sí, pero este asunto no concierne a su empresa. Como individuo, usted no paga ni siquiera una fracción de mi salario.

Sam se sonrojó y dijo:

—No imaginaba que iba a sonar como si...

—Déjeme terminar. Por último, le eché un vistazo al tipo. Parece listo. No me dio la impresión de ser un tipo lleno de rabia asesina. Creo que solo está intentando presionarlo un poco. Pero no quiero que se vaya de este despacho pensando que no ha obtenido la menor colaboración por mi parte. Si este Cady cruza la línea en cualquier área que competa a mi autoridad, me encargaré de que los oficiales y el juez estén debidamente informados. Y lo golpearán con la medida más dura que permita la ley.

—Muchas gracias, capitán. ¿Tiene un momento para escuchar qué más ha hecho Cady hasta ahora?

—Estaría muy interesado.

Sam le contó lo de Sievers y lo de la perra.

Dutton se recostó en la silla, frunció el ceño y frotó la goma de borrar de su lápiz contra el costado de su nariz.

—Si detectó a Sievers con tanta rapidez y se lo quitó de encima tan fácilmente, eso es que tiene talento para jugar a ese juego. ¿Hay alguna prueba sobre la perra?

—No, pero después de hablar con él, estoy seguro.

—Eso está fuera de nuestra jurisdicción, por supuesto.

—Ya lo sé.

Dutton se quedó pensando unos instantes.

—Lo siento, señor Bowden. No puedo ofrecerle más de lo que ya le he dicho. Si está usted asustado de verdad, le sugiero que envíe a su familia a alguna otra parte.

—Ya hemos hablado de eso.

—Puede ser una buena idea. Él se cansará del juego y se marchará de la ciudad después de un tiempo. Avíseme si surge cualquier novedad.

Se puso en pie y extendió la mano. Sam le dio las gracias y se fue.

A las tres de la tarde, cuando pasaba por delante del despacho de Bill Stetch, se asomó y vio que Bill estaba solo. Siguiendo un impulso, entró y le contó toda la historia. Bill quedó conmocionado, se mostró comprensivo y no hizo ninguna sugerencia constructiva. Sam tuvo la curiosa sensación de que Bill no quería verse involucrado ni lo más mínimo en aquella situación. Tenía toda la pinta de querer mantenerse al margen.

—Esa pobrecita perra... Hay gente muy mala en el mundo, Sammy.

—Cady merece una mención especial.

Bill se recostó en el respaldo, pensativo. Era un verdadero gigante, con la cara roja, el cabello de un blanco puro, los ojos azules. La silla de su escritorio y la ropa que vestía se las habían hecho a medida. Tenía un aire de jovialidad desmañada, pero Sam se había dado cuenta hacía años, en el Teatro de Operaciones de China-Birmania-India, de que la actitud de Bill escondía una mente compleja y extremadamente astuta.

—Esto te pone en una situación bastante incómoda —dijo.

—Y me está obligando a hacer cosas raras. ¿Te puedes creer que he ido a la policía y les he pedido educadamente que hagan algo que va contra la ley?

Stetch se rio entre dientes.

—Esa vieja chica encantadora que sostiene la balanza y que de vez en cuando echa un vistazo por debajo de la venda... Y Samuel Bowden es su más entusiasta devoto. Muchos sienten lo mismo de niños, pero cuando se hacen hombres es difícil que... continúe la pasión.

Sam sintió que lo estaban tratando con condescendencia, y no le gustó.

—¿Qué quieres decir?

—No te indignes, Sammy. Demonios, cuando solo éramos Stetch y Dorrity, yo sabía que necesitábamos por aquí algunos nobles motivos para conservar nuestra superioridad moral de hacer las cosas. Cuando trabajamos juntos en la India supe que tú eras nuestro hombre, y no podía haber tenido más razón. Mike Dorrity y yo somos un par de piratas con licencia. Necesitábamos un contrapeso. Uno que tuviera una mirada ingenua.

—Maldita sea, Bill, no me gusta...

—Espera. Eres uno de los socios del bufete. Haces un trabajo estupendo. Cumples con tu parte de sobra. Estamos jodidamente contentos de haberte traído. Fue una buena jugada. Pero hay partes de este negocio que tú no puedes manejar y que nosotros no te permitimos manejar. Ya nos ensuciamos las manos Mike y yo con eso. Somos la división de los resquicios legales. Nos pagan muy bien por encontrar esos resquicios, sin importar la justicia natural del asunto en cuestión.

—¿Como el contrato de compraventa de Morris del año pasado?

—Como el contrato de compraventa de Morris del año pasado.

—Ya me parecía que aquello apestaba...

—Y así es, muchacho. Por eso te lo quité de las manos antes de que nos hicieras perder un cliente. Y me ocupé yo mismo.

—Me estás haciendo sentir como un maldito neófito.

Bill negó con la cabeza.

—No lo eres. Eres un abogado inteligente. Y además eres un bien muy raro: eres un hombre bueno que cree en sí mismo y en lo que hace. Cada bufete de abogados debería tener uno en nómina, pero no abundan. Así que no hagas caso a este viejo y cínico bandido. En realidad no robamos. A veces enseñamos a otras personas cómo robar, pero eso no es frecuente. Mantén tu respeto por la dama de la balanza. Pero no te fustigues demasiado si vas a la policía a pedir un favor ajeno a la legalidad. La vida es un continuo ir transigiendo, Sammy. La idea es llegar al final aferrado aún a algunas briznas de respeto por uno mismo. Y hasta aquí el discurso de hoy. Espero que puedas resolver tu desagradable problemilla.

De vuelta en su despacho, Sam se sentó tras su escritorio y pensó en sí mismo con desprecio. El soñador de ojos ingenuos. Un Abraham Lincoln de pacotilla. Los abogados penalistas defendían con entusiasmo a asesinos notorios. Y no se los consideraba inmorales. Un hombre firma de buena fe un contrato de compraventa de unas tierras, y luego se entera de que puede obtener más dinero. Así que viene con el sombrero en la mano y dice: «Mostradme cómo se puede romper esto». De modo que se encuentra un tecnicismo y se rompe el contrato. Es un cliente. Paga por el servicio.

Pero era un contrato hecho de buena fe, por lo que, desde el punto de vista de la justicia natural, el tecnicismo era absurdo.

«Deja de hacerte el mártir, Bowden. Ya eres mayorcito. Deja de desfilar por ahí agitando todas tus banderitas. Cady va a matar a tiros a tus hijos mientras tú lloras sobre tu diploma y buscas en tus libros una forma legal de darle un tirón de orejas».

Llamó por teléfono a Apex y dejó su número para que lo llamase Sievers.

A las seis menos cuarto, cuando ya se iba, llamó Sievers y quedaron diez minutos después en un bar a tres manzanas de la oficina de Sam. Llamó a Carol y la avisó de que llegaría más tarde. Carol dijo que los niños estaban bien, que Bucky había tenido otro ataque de llanto por Marilyn cuando llegó a casa del colegio, pero no le duró mucho. Habían ido todos con Jamie y Mike al arroyo para buscar una piedra. Carol había llevado su bolso grande de paja. Encontraron una buena piedra y lo pasaron muy mal para llevarla de vuelta.

Sievers estaba de pie junto a la barra cuando entró Sam. Asintió y esperó mientras este pedía una bebida, y después fue hasta un reservado lejos de la máquina de discos, frente al servicio de caballeros.

—He hablado hoy con el capitán Dutton. Dice que no piensa hacer nada.

—No veo cómo podría. Si tuviese usted mucho más peso del que tiene, quizá sí. Y, aun así, él se resistiría. Por cierto, es un poli de primera, ese muchacho. Callado y tranquilo, y duro como una piedra. ¿Quiere seguir adelante con lo que hablamos?

—Creo... creo que sí.

Sievers tenía una fina sonrisa.

—¿No vamos a conversar sobre la vía legal?

—Hoy ya he tenido bastante de ese tipo de conversación para que me dure un tiempo.

—Se está usted superando.

—Es que han ocurrido cosas. El viernes fue hasta mi casa y envenenó a mi perra. La perra de los niños. Aunque no hay pruebas. El sábado vino al varadero, haciéndose el duro...

—Ya se ablandará.

—¿Puede usted hacer lo que dijo?

—Puede hacerse por trescientos dólares, Bowden. No reclutaré yo mismo al personal. Tengo un amigo. Él tiene los contactos adecuados. Enviará a tres hombres. Y también sé dónde será. En la parte de atrás del doscientos once de Jaekel Street. Hay un cobertizo y una valla cerca de donde él aparca el coche. Pueden esperarlo en el ángulo que forman el cobertizo y la verja.

—¿Qué... qué le harán?

—¿Qué demonios cree que le harán? Le darán una paliza de muerte. Harán un trabajo profesional con un par de trozos de tubería y una cadena de bicicleta. Lo mandarán al hospital.

De pronto su mirada cambió, se volvió distante.

—Una vez me dieron una paliza profesional —dijo—. Oh, yo era un chico duro. Creía que, a menos que me mataran, no podían hacerme daño, que me recuperaría en el acto, como Mike Hammer. Pero no funciona así, señor Bowden. Una cosa así te marca por completo. Es el dolor, supongo. Y la forma que tiene de no parar... Las agallas y el orgullo te dicen adiós. Durante dos años, yo no valía para nada. Estaba perfectamente sano, pero tenía los nervios destrozados. De verdad. No estaba preparado para que alguien volviera a hacerme daño de aquella forma. Después empecé a recuperarme. Ocurrió hace dieciocho años, y aún hoy no estoy seguro de ser como antes. Y eso que soy más duro que la mayoría. Entre cincuenta hombres, no hay uno solo (y, entiéndame, he visto cómo trabajan esos tipos) que valga para nada después de una paliza profesional. Se les queda sangre de conejo hasta el final de sus días. Hace usted lo correcto.

—¿No hay ninguna posibilidad de que lo maten por accidente?

—Son profesionales, Bowden.

—Sí. Pero podría pasar...

—Una vez de cada diez mil. Aun así, nosotros estamos limpios. Las órdenes pasan por demasiados canales. Incluso si alguien se preocupara lo más mínimo por el asunto, que no sería el caso, no podría seguirse la pista hasta usted.

—¿Le pago con un cheque?

—Por Dios, no. En metálico. ¿Cuándo puede tener el dinero?

—Mañana, en cuanto abran los bancos.

—Tráigalo aquí a la misma hora mañana. Empezaré a moverlo esta noche.

—¿Cuándo cree que ocurrirá?

—Mañana por la noche o la noche del miércoles. No más tarde.

Se terminó su bebida, dejó el vaso en la barra y se deslizó por el asiento para salir del reservado.

Sam levantó la vista, puso una sonrisa torcida y dijo:

—¿Este tipo de cosas suceden a menudo? Supongo que soy bastante ingenuo.

—Suceden. La gente se pasa de lista. Hay que enderezarlos, y a veces esta es la única manera de que se pongan al día.

—Esa es una de las expresiones favoritas de Cady.

—Entonces se va a alegrar.

—¿De qué?

—De que lo pongan día.

Esperó hasta que los dos niños estuvieron en la cama y a que Nancy se metiera en su cuarto a estudiar el último examen del año para contarle a Carol las tres historias. Ella escuchó con expresión inmóvil y distante. Estaban el uno junto al otro en el sofá del salón, ella sentada sobre sus propias piernas dobladas, su torneada rodilla contra el muslo de Sam. No cesaba de dar vueltas y vueltas al brazalete de plata de su muñeca.

—Así que vas a pagar trescientos dólares para que le den una paliza que lo deje al borde de la muerte...

—Sí. Eso es. Pero ¿no ves que es la única...?

—Oh, cariño, no tienes que explicarme o disculparte. No era eso lo que quería decir. Me estoy regodeando. Me siento de maravilla. Iría a cortar el césped de otras personas y a hacerles la colada para ganar esos trescientos dólares.

—Supongo que las mujeres sois más primitivas.

—Al menos esta sí.

Sam, inquieto, se puso en pie.

—De todos modos, está mal hacer eso. Está mal que sea posible hacer algo así.

—¿Por qué?

Sam se encogió de hombros.

—Suponte que un cliente insatisfecho decide que necesito el mismo tratamiento. Si tiene los contactos adecuados, podría ordenar que lo hicieran. Hace que el mundo parezca una jungla. Pero se supone que la ley y el orden existen.

Carol se levantó también del sofá, lo abrazó por la cintura y alzó el rostro hacia él.

—Pobre Samuel. Cariño, quizá sí es una jungla. Y sabemos que hay un animal salvaje en ella.

—No consigo expresarme con claridad. Quiero decir que si esta es la manera correcta de resolver esto, entonces los cimientos de mi vida se resquebrajan.

Carol hizo una mueca.

—¿Se resquebrajan?

—Solo en algunas partes. Me refiero a mi vida profesional.

—¿No ves, pedazo de bobo, que esto no es una situación lógica? La lógica te conduce a un callejón sin salida. En una situación como esta solo se puede actuar por instinto. Y el instinto es la mejor herramienta de una mujer. Yo habría hecho lo mismo. Ojalá me hubiera encargado yo de organizarlo. Eres un hombre muy bueno, cariño.

—Me dicen eso con demasiada frecuencia...

—A mí no tienes por qué gruñirme.

—De acuerdo. Soy un hombre bueno. Voy a pagar trescientos dólares para enviar a otro hombre al hospital.

—Aun así, eres un hombre bueno. Sufres demasiado. Tienes que parar ya con las teorías filosóficas. Lo que tienes que hacer es ayudarme a disfrutar de no tener ya miedo. Solo estoy un poco asustada porque aún no ha sucedido, pero, cuando ocurra, voy a ser la esposa más risueña de la ciudad. Si eso me convierte en una bruja sedienta de sangre, así sea.

Cuando Carol se durmió, Sam se levantó en silencio y se sentó en una silla junto a la ventana del dormitorio, subió las persianas con cautela, encendió un cigarrillo y miró fuera la carretera plateada y la cerca de piedra. La noche estaba vacía. Los cuatro rehenes de la fortuna de Sam, todos ellos increíblemente preciosos, dormían a pierna suelta. La Tierra giraba y las estrellas estaban altas. Todo eso, se dijo, era la realidad. La noche, la Tierra, las estrellas y el sueño de su familia. Y esa otra cosa que antes le parecía tan valiosa no era más que un código polvoriento y arcaico que permitía a los hombres vivir juntos en una paz y una seguridad razonables. En los tiempos antiguos, los ancianos del poblado castigaban a quienes rompían los tabúes. La ley en su conjunto era una vasta y desequilibrada superestructura construida con la básica idea de que el grupo debía imponer un castigo al inconformista. Era un rito tribal con pelucas blancas, túnicas y juramentos. Sencillamente, no se aplicaba a su propia situación. Sin embargo, dos mil años atrás quizá podría haberse sentado con el consejo de ancianos y explicado su problema, y quizá habría obtenido el apoyo del poblado y el depredador habría sido lapidado hasta la muerte. De modo que aquella acción era un suplemento a la ley. Y, por lo tanto, estaba bien. Sin embargo, cuando regresó a la cama seguía siendo incapaz de aceptar aquel razonamiento.

CAPÍTULO SEIS

Sievers no presentó informe alguno el miércoles, y Sam no vio nada en el periódico. El jueves, a las nueve y media de la mañana, recibió una llamada de Dutton.

—Soy el capitán Dutton, señor Bowden. Tengo noticias para usted sobre su amiguito.

—¿Sí?

—Lo hemos arrestado por alteración del orden público, alboroto y resistencia a la autoridad. Se metió en una pelea anoche a eso de la medianoche en el patio trasero de la pensión de Jaekel Street. Tres granjas locales lo asaltaron. Le hicieron bastante daño, pero después él se revolvió contra ellos. Uno pudo escapar, pero los otros dos están en el hospital. A uno lo lanzó por la ventana de un cobertizo y le provocó un esguince en la espalda y múltiples hematomas. El otro tiene rotas la mandíbula y una muñeca, conmoción cerebral y varias costillas fuera de sitio. A él le hicieron un corte en la cara con una cadena de bicicleta y le golpearon alrededor de los ojos con un trozo de tubería.

—¿Lo van a meter en la cárcel?

—Sin duda, señor Bowden. Estaba aturdido, supongo, y en el patio no había luz, de modo que, cuando uno de los agentes cruzó corriendo el patio, Cady le lanzó un puñetazo y le dejó la nariz plana como una hoja de papel. El segundo agente lo derribó de un porrazo, lo arrestaron, le cosieron la cara, lo trajeron a la comisaría y lo metieron en el calabozo. El juez Jamison tiene turno de noche esta semana, y veremos qué podemos ofrecerle. El tipo está pidiendo a gritos un abogado. ¿Quiere encargarse usted de su defensa?

—No, gracias.

—El juez Jamison no coopera tanto como otros jueces, pero creo que a Cady le caerá una buena. Venga esta noche a eso de las ocho y media y podrá ver cómo le va.

—Allí estaré. Capitán, ¿es demasiado pronto para preguntarle qué han averiguado en Charleston?

—No. Es lo que había imaginado. La policía de Charleston contactó con la mujer. Admite que estuvo casada con Cady y afirma que no lo ha visto desde que lo condenaron. Les dijo que ni siquiera sabía que lo habían soltado. Una lástima.

—Gracias por intentarlo.

—Lamento no haber conseguido más.

Sievers llamó a las cuatro y lo citó en el mismo sitio. Sam llegó antes. Se llevó su bebida al mismo reservado y esperó. Cuando llegó Sievers, se sentó frente a él y le dijo:

—Debería recibir un reembolso, señor Bowden.

—¿Qué pasó?

—Se descuidaron. Avisé de que era un hueso duro de roer. Le dieron unas palmaditas cariñosas y, como no se venía abajo, le dieron otras aún más cariñosas. Y de repente era demasiado tarde. Les dio el susto más grande de su vida a esos chicos. El que escapó se llevó un gancho en el estómago. Según me cuentan, aún no puede respirar bien. Y se está corriendo la voz. Va a ser difícil reclutar a otros muchachos para que prueben suerte con él. Me dicen que cuando uno de ellos atravesó la pared del cobertizo sonó como si explotara una bomba. Lamento que esto se haya gestionado tan mal, señor Bowden.

—Pero va a ir a la cárcel...

—Y luego lo soltarán.

—Y entonces, ¿qué hago yo?

—Supongo que tendrá que pagar otro tratamiento. Pero mejor será que reserve mil dólares para ese. No lo van a pillar despistado por segunda vez.

Cuando Sam llegó a casa, Carol ya se había enterado de casi todo por el periódico de la tarde. En una de las últimas páginas había un párrafo donde se citaba el nombre de los dos hombres en el hospital e informaba del arresto de Cady.

—¿Vas a ir al juzgado?

—No lo sé.

—Ve, por favor, cariño, y entérate de lo que ocurre.

El juzgado nocturno estaba lleno de gente. Sam se sentó al fondo de la sala. Había un continuo murmullo de voces y de pies arrastrándose, así que no era capaz de oír ni una palabra de lo que ocurría. El techo era alto y las bombillas desnudas proyectaban sombras severas. El juez Jamison era el ser humano de aspecto más aburrido que Sam había visto nunca. Los bancos eran estrechos y duros, y la sala olía a puros, a polvo y a desinfectante. Cuando vio que quedaba un asiento libre, se movió a la tercera fila. A las nueve y cuarto le llegó el turno al caso de Cady. Ante el juez se alinearon el fiscal, Cady, un joven letrado que Sam había visto en las reuniones del colegio de abogados y dos policías de uniforme.

Por mucho que se esforzó, Sam solo pudo captar alguna palabra aquí y allá. El abogado de Cady, con voz apagada y seria, parecía hacer hincapié en el hecho de que el ataque había tenido lugar dentro de una propiedad en la que su defendido tenía alquilada una habitación. El policía de la nariz vendada testificó con voz monótona y difusa. Cuando el ruido en la sala subía demasiado, el juez golpeaba indolente con su mazo.

El fiscal y el abogado defensor estuvieron un rato hablando con cierta animación, ignorando al juez. Después ambos asintieron. El juez bostezó, golpeó de nuevo con el mazo y pronunció una sentencia que Sam no pudo oír. Cady caminó junto a su abogado hasta una mesa donde estaba sentado un empleado y pagó una cantidad de dinero. Un bedel comenzó a guiarlo hacia una puerta lateral, pero de pronto Cady se detuvo y miró hacia atrás, como buscando a alguien en la sala. La venda era una nítida franja blanca en su mejilla. Tenía el entrecejo hinchado y azulado. Sam intentó bajar la cabeza, pero Cady lo había visto. Levantó una mano, sonrió y dijo de forma muy audible:

—¿Qué tal, teniente? ¿Cómo va eso?

Después lo condujeron fuera de la sala. Sam tuvo que hablar hasta con tres personas para enterarse de qué había ocurrido. Cady se había declarado culpable de golpear al policía. Los otros dos cargos se habían desestimado. Lo habían sentenciado a pagar una multa de cien dólares y a pasar treinta días en la cárcel de la ciudad.

Le dio las noticias a Carol. Trataron de convencerse de que eran buenas noticias, pero la verdad era que no se sentían muy aliviados. Sus sonrisas eran rígidas y enseguida se apagaban. Al menos eran treinta días de gracia. Treinta días sin miedo. Y treinta días de anticipación de lo que vendría después. Si lo que Cady quería era bajarles la moral, no podía haberlo planeado mejor.

El colegio había terminado. Se levantaron las restricciones de los niños. El dorado verano había comenzado. Los treinta días de Cady comenzaban de manera oficial el 19 de junio, y lo soltarían el 19 de julio, un viernes.

Habían planeado que Nancy fuera de nuevo al campamento de verano, y ella había suplicado que le permitieran quedarse seis semanas en lugar de las habituales cuatro. Sería su cuarto año en Minnatalla y probablemente el último. Esas seis semanas comenzaban el primer día de julio. Jamie iría por segundo año a Gannatalla, el campamento para chicos que había a cinco kilómetros y que dirigía la misma empresa. Los dos campamentos estaban a la orilla de un pequeño lago en la parte sur del estado, a doscientos veinte kilómetros de Harper. La planificación de los campamentos se había decidido en consejo familiar el mes de abril, cuando hubo que presentar las solicitudes. Después de considerar todos los factores, se aceptó la petición de Nancy de quedarse seis semanas. Entonces Jamie se opuso enérgicamente a que se limitara su estancia a un solo mes. Se le indicó que Nancy solo se quedaba un mes cuando tenía su edad, de modo que hubo de conformarse con la garantía de que podría quedarse seis semanas cuando tuviera catorce años. Bucky estaba indignado por todo el asunto. El hecho de que solo quedaban tres años para que él también pudiera ir al campamento no le decía absolutamente nada. Tres años era la mitad de su edad. Era una eternidad. Se sentía la víctima involuntaria de una cruel e innecesaria discriminación. Todo el mundo se marchaba.

Cuando por fin se resignó al destino de quedarse en casa todo el verano, adoptó una serie de firmes opiniones sobre los campamentos. Eran unos sitios miserables. Había que dormir bajo la lluvia. Los caballos te daban coces, en todas las barcas entraba agua y te pegaban si no te lavabas seis veces al día.

Después de terminar todos los preparativos, Nancy empezó a cambiar de opinión a medida que el verano se acercaba. Estaba cambiando física y mentalmente de niña a mujer. Era obvio por su actitud que de pronto había empezado a pensar en los campamentos como en cosas para niños. Casi toda la pandilla se iba a quedar en Harper todo el verano. Nombró a varios chicos que pensaban trabajar en la obra de la nueva carretera, una superautopista en proceso de construcción que cruzaría la Ruta 18 cinco kilómetros al norte de Harper. Nancy pensaba que quizá podía conseguir un trabajo en el pueblo. Pero Sam y Carol pensaron que sería mejor para ella prolongar un poco su infancia y contar con un verano más de natación, montar a caballo, manualidades, barbacoas, paseos por el campo y canciones en torno a una fogata.

Nancy no se enfadó, y no era una quejica. Cuando le dejaron claro que iría al campamento, adoptó lo que Sam llamaba su «modo duquesa». Se trataba de una indiferencia majestuosa y condescendiente, salpicada por reveladores suspiros y por el sonido apenas audible que hacía de vez en cuando al sorberse la nariz. Ella estaba por encima de todos ellos y, por supuesto, se dignaría aceptar sus ideas, por infantiles que fueran.

Sin embargo, en algún momento durante la semana que siguió a la sentencia de Cady, se produjo un alarmante cambio de actitud. Nancy evidenció una vibrante emoción con la perspectiva de ir al campamento y empezó a caminar de puntillas de lo feliz que estaba. El cambio intrigó a Sam y a Carol.

—Misterio resuelto —le dijo una noche Carol a Sam—. Hoy la he acorralado. Estaba metiendo su vestido rojo en la maleta, y de una forma un tanto furtiva. Yo le dije que aquel era un modelito divino para trepar por la ladera de una montaña. Me dijo con firmeza y altivez que hay veladas sociales en las que grupos de ambos campos socializan. Yo le dije que eso lo sabía muy bien, y también le dije que la edad máxima para los caballeretes de Gannatalla es de quince años, y que, por tanto, el vestido rojo sería como disparar a un grillo con un rifle para ciervos. En lugar de acusarme de rebajar sus miras, confesó que este año Tommy Kent va a trabajar como monitor suplente de atletismo en Gannatalla.

—¡Ajá!

—Sí, la verdad es que sí. Ajá. A las niñas del campamento las supervisan muy de cerca, pero al personal femenino no tanto, y ese Tommy probablemente se hará muy amiguito de alguna veterana monitora de dieciocho años y le romperá el corazón a nuestra pequeña...

—Es un riesgo calculado. Pero, de todas formas, me alegro de que haya terminado el numerito de la duquesa. Cumple quince años el veinte. ¿En qué día cae?

—Este año, en sábado. Podemos ir en coche hasta allí y llevar sus regalos.

Carol se detuvo y lo miró con consternación.

—No lo había pensado —dijo—. Es el día después de que...

—Ya lo sé.

—¿Y Nance y Jamie allí lejos...? ¿Estarán a salvo?

—Supongo que Cady podría averiguar dónde están... Casi cualquier crío en el pueblo sabrá adónde han ido. Ya lo he pensado. Ya sabes cómo van las cosas con los chavales. Viajan en manada. Grandes manadas aullantes, llenas de musculoso entusiasmo... Había planeado darles instrucciones a los niños y hablar con los directores cuando los llevemos. Pero que Tommy esté allí simplifica las cosas. Puedo hablar con él. Creo que me cae bien ese muchacho. Tiene aspecto de persona competente.

—Pues tendrás que darte prisa. Esta noche tienen una cita y él se va mañana temprano. Tiene que llegar antes para ayudar a instalar el campamento. Van a ir al baile benéfico de la estación de bomberos. Tommy pasará a buscarla a las ocho.

—No sabía que estas cosas empezarían tan pronto...

Esa noche, Nancy cenó a toda velocidad y a las ocho menos cuarto ya estaba lista. Sam la acorraló en el salón.

—Muy rústica —dijo en tono de aprobación.

—¿Me queda bien?

—¿Cómo se llama esto?

—¿Los pantalones? Son unos tejanos estilo ranchero para chica. Tienen el corte como los de chico.

—Más o menos. Pero, por complacer la curiosidad ociosa de tu senil padre, ¿cómo consigues ponértelos?

—¡Oh, es muy fácil! ¿Ves esto, a los lados de las perneras? Cremalleras ocultas desde la rodilla hasta abajo.

—Producen un gran efecto con esa camisa. Parece un mantel de un restaurante italiano... Nance, cariño, supongo que le has hablado a Tommy de nuestro... problema.

—Pues claro.

—Cuando llegue, ¿te importaría fingir que aún no estás lista? Me gustaría tener una pequeña charla con él.

—El coche estará lleno de amigos, papá. ¿Qué es lo que quieres decirle? No quiero que suene como si...

—Lo alejaré de los demás, cariño, y no te avergonzaré.

A las ocho en punto, cuando llegó Tommy, aún quedaba algo de sol, y el largo atardecer de verano empezaba a acumularse en sombras azules bajo los árboles. Sam bajó los escalones del porche y se encontró con Tommy cuando este llegaba a la mitad del jardín delantero.

—El granjero Brown, supongo.

Tommy llevaba un peto tejano, una camisa de trabajo azul y un sombrero de paja.

—Vaya indumentaria tan ridícula, ¿verdad, señor Bowden?

—Es un uniforme apropiado para la ocasión. Nancy estará lista en un par de minutos. Quiero hablar contigo en privado, Tommy.

Sam vio una fugaz mirada de aprensión y supo exactamente lo que estaba pensando Tommy: una pequeña escena embarazosa se avecina, con el papá diciendo lo joven que es su hijita, y que no la traiga de vuelta muy tarde...

—¿Sí, señor Bowden?

—Nancy me dice que te ha hablado de cierto hombre que nos lo está haciendo pasar mal...

—Sí, me lo ha contado. No recuerdo su nombre. ¿Brady?

—Cady. Max Cady. Ahora mismo está en la cárcel. Pero lo soltarán el diecinueve del mes próximo. Eres lo bastante mayor como para poder hablarte de ello con total franqueza. Creo que ese hombre es peligroso. Sé que lo es. Quiere hacerme daño a través de mi familia. Y esa es la forma en que podría hacerme más daño. Es posible que vaya al campamento. Quiero imponerte una responsabilidad extra. Me gustaría que colocases a Jamie bajo tu protección. Asegúrate de que nunca está solo. Pon al día a los demás monitores. Creo que podría lograrse el mejor nivel de alerta si les dices que ha habido una amenaza de secuestro. Mi mujer y yo lo hemos hablado y creemos que estará más seguro allí que aquí. ¿Estás dispuesto a hacer esto?

—Sí, señor. Pero ¿y Nancy?

—Estarás a cinco kilómetros del otro campamento. Hablaré con ellos cuando lleve a los chicos. Ella es mayor que Jamie y es menos probable que se olvide de ir con cuidado. Pero creo que ella... es un objetivo más lógico. Yo voy a tratar de resolver el problema aquí cuando liberen a Cady. Si lo consigo, te lo haré saber enseguida, Tommy.

—Por lo que sé, no hay muchos hombres en Minnatalla —dijo Tommy en tono dubitativo.

—Lo sé. Solo podrás ver a Nancy de vez en cuando, supongo. No dejes de recordarle que se quede con el grupo. Ella ha visto a Cady. Eso le será de mucha ayuda.

Le hizo una detallada descripción del hombre y dijo:

—Si se diera la situación, no intentes ser impulsivo y heroico. Estás fuerte y eres un atleta, pero no eres rival para ese hombre. Es tan grande, rápido e implacable como un oso. No creo que pudieras detenerlo ni siquiera con una llave inglesa.

—Entiendo.

—Y quiero que también entiendas lo siguiente: no estoy siendo dramático.

—Ya lo sé, señor. Y sé lo de la perra. Nunca había oído nada igual. Me aseguraré de que los dos están bien, señor Bowden. No me descuidaré.

—Lo sé. Aquí viene la mujer del granjero.

Los vio caminar a través del jardín delantero. Se oyeron largos silbidos cuando Nancy se acercaba al coche. Cuando se fueron, saludando con la mano y dando gritos, Sam volvió al porche.

Cuando salió Carol, con el inesperado obsequio de un enorme gin-tonic, le dijo:

—Estoy pensando en péndulos.

Ella se sentó en la barandilla junto a él.

—¿Conferencia Bowden?

—Siempre se me nota, ¿no?

—Por supuesto, cariño. Tu voz se vuelve un poco más grave y empiezas a pronunciar con mucho cuidado. Venga, suéltalo.

—Si pudiera ensayarlo, me quedaría mejor. Sospecho que estamos ante el fin de los glamurosos días de la delincuencia juvenil. Creo que está surgiendo una extraña generación de jóvenes. Son buenos chicos, pero son raros. Se han aburrido de los excesos de sus mayores y de las brutales filosofías de sus contemporáneos. Están cansados de usar el fantasma del servicio militar como una excusa inherente para la revuelta y el desorden. Es una generación de chicos con una gran moral. Son sofisticados, pero practican voluntariamente la moderación. Parecen tener un sentido de propósito moral y metas decentes, lo cual, Dios lo sabe, es bueno. Pero me echan para atrás un poco. Me hacen sentir como un degenerado senil. Tommy es un buen muchacho. El péndulo está volviendo.

Carol dejó su vaso en la baranda y aplaudió solemnemente.

—Sí, señor.

—Y ahora deja de oírme hablar y sentémonos en este crepúsculo dramático a escuchar a los insectos.

—A una miríada de insectos, por favor.

—Se puede saber la temperatura por el canto de los grillos.

—Eso me has dicho cien veces.

—Otro signo de senilidad. Banalidad y repetición. Y mala memoria, porque nunca recuerdo cuál es la fórmula para determinar la temperatura con los grillos...

—Digamos tan solo que cuando los grillos cantan en el campo hace calor.

—De acuerdo.

Se quedaron sentados en silencio mientras llegaba la noche. Jamie estaba jugando en el establo con unos amigos. Sus voces agudas se mezclaban con el canto de los insectos. Sam trató de sumergirse por completo en los ritmos sutiles de la noche de verano, pero no podía parar el reloj que hacía tictac en el fondo de su cabeza. Cada segundo los acercaba más al regreso del peligro. Era, pensó, algo parecido a saber que uno tiene una enfermedad mortal. Volvía la belleza inmediata más vívida, los placeres más agudos, y, al mismo tiempo, teñía la belleza y el placer de una angustiante intensidad.

Sonó el teléfono, Carol fue a cogerlo, volvió a salir y dijo:

—Es hora de que se dispersen. Ve a disolver la pandilla atómica, cariño.

—¿Atómica?

—¿Dónde has estado? Están construyendo un coche deportivo atómico.

Sam disolvió la pandilla. Las luces de las bicicletas ascendieron por la carretera, y unos y otros se gritaron planes para el día siguiente. Era el mundo maravilloso de todos los veranos de la infancia. La televisión, que había sido una fuente de preocupación durante un tiempo, estaba de nuevo bajo control. El verano era la época de usar los músculos grandes, de correr y de gritar. El verano era la época en la que la gran perra rojiza debía haber estado corriendo con ellos, chocándose con piernas bronceadas y haciéndolos tropezar, temblando de miedo viajando en el bólido atómico, ladrando de frustración por no poder subir a un árbol con ellos, dejándose caer por la noche en su rincón para entrar en un mundo de sueños que le hacía mover las patas mientras corría con valor consumado y perseguía a monstruos que huían de ella aterrorizados.

El lunes, primero de julio, salieron temprano para el campamento. La mayoría de los padres llevaban a los niños el domingo, y ese había sido el plan original, pero, tras un debate familiar, Sam decidió tomarse el lunes libre para así poder ir a la isla a hacer un almuerzo campestre. Fue un día perfecto en la isla. En el viaje de vuelta en barco había soplado una brisa fuerte, y Bucky, que había aceptado tomarse su Bonamine demasiado tarde, pasó la última media hora doblado sobre la borda, muy indignado con su propio estómago, consciente de haber sufrido una terrible traición.

A primera hora de la mañana, la excitación hizo que a Jamie se le cerrase el estómago. No podía comer. Revisaron las listas. Mike Turner vino bajando por la carretera para darle a Jamie un triste adiós. Cargaron la ranchera, cerraron la casa y partieron. Bucky se contagió de la excitación de los demás, pero más tarde, de regreso a casa, se hundiría en una amarga melancolía hasta que, inevitablemente, se quedase dormido en el asiento de atrás.

Llegaron a las once, y fueron primero a Minnatalla, a pesar de las amargas y estridentes protestas de Jamie, a quien al final hubo que reprender con firmeza. El apretado horario matinal se desarrollaba a un ritmo frenético. Amigos de Nancy de otros veranos la saludaban y la llamaban de lejos. Después de que Sam y Jamie descargasen las cosas de Nancy en su cabaña, Sam condujo hasta la caseta donde se encontraba la administración y tuvo una charla con el administrador del campamento, un empleado nuevo, más joven que el hombre al que había sustituido. No fue una conversación muy satisfactoria. Su nombre era Teller. Sam reconoció enseguida el tipo al que pertenecía. Teller era exactamente como esos trabajadores sociales entrometidos que consideran las reglas y las formalidades más importantes que los seres humanos con los que tienen que tratar. Su amabilidad era condescendiente, y estaba claro que creía estar tratando con un padre sobreprotector.

—Nancy tiene muy buenas referencias aquí en Minnatalla, señor Bowden. Estamos encantados de que vuelva con nosotros, y estoy seguro de que pasará un verano feliz y provechoso.

—De eso estoy seguro, señor Teller, pero no me refiero a eso —dijo Sam armándose de paciencia—. Lo que me preocupa es su integridad física.

—Todas nuestras campistas reciben una supervisión total, señor Bowden. Están ocupadas cada momento del día. El apagado de luces se aplica a rajatabla y tenemos un vigilante nocturno muy competente que recorre toda el área del campamento cuatro veces cada noche. Permitimos que todas las que lleven la insignia del mérito de Minnatalla vayan a Shadyside los sábados por la tarde. Una de las monitoras supervisa a las campistas más jóvenes, pero las chicas mayores pueden...

Sam lo interrumpió al intuir cómo debía tratar con Teller.

—Nancy lleva tiempo viniendo aquí. Este es su cuarto año. Supongo que estoy tan familiarizado con todos esos detalles como usted mismo. Nancy no debe ir a Shadyside en ningún momento.

Teller pareció dolido.

—Pero eso sería injusto para ella, señor Bowden. Cuando vea que se da permiso a las demás...

—Nancy está perfectamente dispuesta a renunciar a esas excursiones. Ella es... lo bastante madura como para comprender que le pueden hacer daño.

Teller se ruborizó.

—No sé hasta qué punto es prudente asustar a una niña, señor Bowden.

—La verdad es que no he hecho un estudio especial sobre el tema. Entonces, ¿estamos de acuerdo? ¿Nada de excursiones a Shadyside para Nancy?

—Sí, señor Bowden... Estoy seguro de que si necesita algo, podrá encontrar a alguien que le haga las compras.

—Seguro que podrá encontrar al menos a un par de compañeras que le hagan el favor. Es una chica popular.

—Sin duda.

La situación en Gannatalla era más tranquilizadora. Después de que Jamie descargase sus cosas y lo apuntaran en el programa, Sam fue a buscar al señor Menard. Este lo reconoció del año anterior.

—Hola, señor Bowden. Me alegro de tener de vuelta a Jamie.

—Quería hablarle sobre...

—¿Un posible plan de secuestro? Tommy Kent me ha puesto al día. Ya he informado a todo el personal. Les he explicado cómo manejar la situación. No trataremos a Jamie de forma diferente, pero, sin que se note demasiado, lo mantendremos vigilado, y estaremos atentos a cualquier desconocido que ronde por los alrededores. No queremos que se preocupen por él. No hay necesidad. Y voy a hablar con él sobre cómo puede cooperar.

—Aprecio de verdad sus palabras. Allí, en el campamento femenino, el señor Teller me trató como si pensara que me lo estaba inventando todo.

—Bert es nuevo, y todavía se toma a sí mismo demasiado en serio. Antes era supervisor de un patio de recreo. En realidad se le dan mejor los críos de lo que podría pensarse... Pero ellos mismos lo pondrán firme en menos de una semana, y en cuanto tenga una oportunidad, hablaré con él.

—Se lo agradecería mucho. Este tipo de cosas... no son muy buenas para los nervios.

—Alguien que va tras los hijos de un hombre le da donde más le duele. Dios sabe que ya hay bastantes cosas de las que preocuparse que les pueden pasar accidentalmente. Mi pesadilla predilecta es que alguno se ahogue. En los periodos de natación hago que los monitores cuenten cabezas cada minuto.

—Tommy Kent parece un buen chico.

—Pregúntemelo de nuevo dentro de un mes. Tenemos muchos que empiezan bien. Trabajan como mulas hasta que se pasa la novedad. Después causan más problemas de lo que merece la pena. Si Kent aguanta, significa que es una joya. Pero... ¿detecto quizá en él algo más que una preocupación casual por la joven Bowden? —dijo guiñándole un ojo.

—Creo que sí.

—¿Se quedan ustedes a cenar con nosotros?

—Gracias, pero tenemos que regresar, señor Menard. De todas formas, volveremos el día veinte, y probablemente también el trece.

En el camino de vuelta, mientras Bucky dormía, Carol dijo:

—Ya sé que no hay remedio, pero odio separar así a la familia. Hace que la vida sea más fácil, pero también que esté más vacía. Me aterra pensar en cuando se vayan todos. A veces pienso en ello durante el día y la casa me parece el doble de vacía.

—Pero hay un método para retrasar ese día, mi amigable esposa.

—¿Cuál?

—Con un poco de diligencia y cooperación, creo que podría arreglarlo para que... Veamos... Ahora tienes treinta y siete. Asumamos que se vaya a la universidad a los dieciocho... Diecinueve más treinta y siete... Sí, querida, podrías tener cincuenta y seis años antes de que la casa se vacíe por completo. Eso, claro está, contando con que nos pongamos manos a la obra de inmediato...

—Pero ¡qué animal! ¡Serás salido...!

—¿Y ahora te enteras?

Carol se sentó más cerca de él. Pasaron unos veinte kiló-metros.

—Todos nos ponemos en plan bromista y cínico al hablar de otro b, e, b, e... —dijo ella en tono pensativo—. Bromas sobre lavar pañales y sobre la asociación de padres de alum-nos... ¿Sabes?, si esto..., si esto de Cady no nos estuviera pa-sando, me gustaría tener otro.

—¿Lo dices en serio?

—Creo que sí. A pesar de caminar como un pato con el barrigón, de tener que esterilizar todo el tiempo el biberón, de las tomas nocturnas y, más tarde, de tener que vigilarlo todo el tiempo para que no se caiga y todo eso... Sí, creo que sí. Porque son todos tan diferentes... Imagina cómo sería el siguiente. Nuestros tres son..., no sé cómo explicarlo... Son personas.

—Sé a qué te refieres.

—Y hacer personas es algo muy especial. Es una responsa-bilidad especial y aterradora.

—Dijiste que Bucky sería el último.

—Ya lo sé. Lo dije durante tres años. Y después dejé de decirlo.

—Pero no eres ninguna jovencita, cariño, a pesar de que te las apañes muy a menudo para parecerlo.

—Los otros fueron fáciles.

—No dijiste eso la última vez.

—Bah. Fueron fáciles para una india como yo.

—Veinte minutos más tarde, de nuevo estás remendando mocasines.

—Nancy se quedaría horrorizada. Y nuestros amigos se echarían miraditas y dirían que no tenemos cuidado...

—Y, aun así, ¿lo harías?

—Ahora no. No mientras... no sepamos.

—Lo sabremos, creo. Y no tardaremos.

—Cuando esto se acabe, ¿volveremos a hablar de ello, ca-riño?

—Volveremos a hablar de ello.

—Tú deberías tener alguna cosa que decir. A ti también te ata. Te cambia la vida.

—Cuando llegue el momento en el que no pueda recordar todos sus nombres, te diré, tembloroso, que ya basta de niños.

Llegaron a las cuatro. Bucky se despertó en un estado de estupor y caminó como un borracho hasta la casa. El cielo estaba cubierto de nubes oscuras y bajas que parecían pasar veloces justo por encima de las copas de los olmos. El viento soplaba a ráfagas bruscas y era húmedo. Hacía que los cristales de las ventanas traquetearan. En la casa había una sensación de vacío. Cuando, a las seis, llegaron las fuertes lluvias, Sam sacó la ranchera del establo marcha atrás y la dejó en el camino de entrada para que la lluvia lavase el polvo del viaje.

Julio había llegado demasiado pronto. Y diecinueve días no podían durar mucho.

CAPÍTULO SIETE

Sievers llamó la mañana del 8 de julio, lunes, y llegó a la oficina de Sam a las diez y media.

—Me ha surgido algo —dijo—. Me lo han dicho con muy poca antelación, como de costumbre. Me transfieren a California. Voy a dirigir una de las agencias de Apex. Es una promoción.

—Felicidades.

—Gracias. No me será posible organizar lo que acordamos. Es decir, si decide usted seguir adelante con ello.

—Iba a decirle que sí... ¿No puede organizarlo antes de irse?

—Falta demasiado tiempo. Pero le he conseguido un pequeño arreglo. ¿Puede apuntar esto? Joe Tanelli, mil ochocientos veintiuno de Market Street. Es un estanco, y en la parte de atrás hay un salita de apuestas de poca monta. Le esperan el miércoles diecisiete. No diga su nombre. Mencione el mío. Él sabrá lo que hay que hacer. Le pedirá quinientos por anticipado. Está bien. Déselos. Y querrá los otros quinientos cuando se haya ocupado del asunto. Reunirá a un personal mejor que el de la última vez.

A Sam la situación le parecía curiosamente irreal. No había pensado que una conversación como aquella pudiera tener lugar en su oficina. Sin embargo, no había nada conspiratorio en la actitud de Sievers. Por su tono de voz se habría dicho que estaba hablando del mejor lugar para comprar huevos frescos.

—Se lo agradezco.

Sievers adoptó la mirada de un hombre que rememora el pasado.

—Hace tiempo, en otros lugares, estas cosas eran más fáciles. Por ejemplo, en Chicago, o en Kansas City, o en Atlanta, o en Birmingham en el treinta y tres o treinta y cuatro. Las tarifas eran bajas. Diez pavos por una pierna rota. Como mucho doscientos si querías que mataran a alguien no muy importante. Ahora solo hay un puñado de asesinos a sueldo en todo el país, y trabajan para el sindicato del crimen. Aunque pudieras contactar con ellos, los precios estarían por las nubes. Por menos dinero se puede contratar a cualquier chaval drogado, pero el trabajo sería un desastre. Los profesionales hacen un trabajo limpio. Vienen dos o tres en avión, con una buena coartada. Alquilan un coche legalmente. Se alojan en un buen hotel. Eligen el momento y el lugar, hacen un trabajo rápido y limpio y se largan. A un aficionado siempre lo pillan y siempre arrastra al tipo que lo contrató.

La risa cortés de Sam sonó hueca y forzada.

—Yo no estaba pensando en algo así, Sievers.

El detective privado regresó de sus recuerdos y miró a Sam.

—No quiero ponerle más nervioso de lo que está, señor Bowden, pero no está de más que le diga lo siguiente. Por curiosidad, hice que la Apex de Wheeling investigara a Cady. Cuando no existe un cliente específico, esto se hace como cortesía entre sucursales. Los Cady son de viejo cuño. Gente de las montañas. Había cuatro hermanos, dos mayores que Maxwell y uno menor. Max Cady no tenía antecedentes antes de la sentencia militar, pero no era ningún ángel. Ninguno de los hermanos Cady lo era. Max se alistó en el ejército después de herir gravemente a un hombre con una botella rota. Fue una pelea por una mujer. El tribunal le dio la opción de alistarse o de ir a la cárcel, así que se alistó. Su padre se pasó la vida entrando y saliendo de prisión. Era un destilador ilegal de alcohol con un temperamento violento. Murió de una embolia hace unos años. Se casó con la madre de los hermanos cuando esta tenía quince años y él casi treinta. Ella vive con el hermano menor, y es deficiente mental. Al hermano mayor lo mataron a tiros hace ocho años en un tiroteo con agentes federales. El segundo murió en un motín carcelario en Georgia. Estaba cumpliendo cadena perpetua por homicidio con robo. Me dolió en el orgullo cuando metí la pata al seguirlo, pero ahora no me siento tan mal. Es un verdadero salvaje. Los verdaderos salvajes no piensan como la gente normal. Su destino era la cárcel tanto si lo pillaban por aquella violación como si no. Las personas como él no entienden lo que está bien y lo que está mal. Solo piensan en si los van a atrapar o no. Todo lo que se pueda hacer sin consecuencias merece la pena.

—¿Hay una palabra para definir eso?

—Personalidad psicopática. Nos hacen aprender los términos. Pero esa es solo una palabra en la que engloban a las personas que no saben cómo calificar. Personas a las que no se puede tratar. Personas que no responden a ningún método. Excepto quizá al que estamos tratando de aplicar... —Se puso en pie—. Aún tengo muchas cosas que hacer antes de irme mañana —dijo—. Joe se ocupará de lo suyo.

Después de que el detective se fuera, Sam tardó bastante tiempo en poder concentrarse en su trabajo. Respetaba a Sievers por darle todos los datos desagradables, pero solo habían servido para volver a Cady aún más siniestro. Era como cuando de niño miraba una sombra y, cuanto más la miraba, más grande, más negra se volvía. Se dijo que Cady era humano y vulnerable. Se dijo que era una vergüenza tener miedo de un hombre. Y decidió que no tenía sentido contarle a Carol lo que había descubierto Sievers. Le hablaría del nuevo acuerdo, pero no necesitaba nuevas razones para tenerle miedo a Cady.

El viernes 12 de julio, después de lavar los platos de la cena, Sam levantó la vista de su libro al oír que Carol emitía un extraño sonido. Estaba sentada en el sofá leyendo el periódico y levantó la vista hacia Sam con una extraña expresión.

—¿Qué pasa?

—¿Cómo se llamaba ese hombre al que tienes que ir a ver el miércoles por la noche?

—Tanelli. Joe Tanelli.

—Ven y mira esto.

Sam se sentó junto a ella y leyó el obituario de un tal Joseph Tanelli, de cincuenta y seis años, con domicilio en el 118 de Rose Street, que había muerto el día antes de un ataque al corazón en el Memorial Hospital. El señor Tanelli había sido comerciante minorista en New Essex desde hacía dieciocho años. Había una larga lista de familiares que lo habían sobrevivido.

—Seguramente no es el mismo, cariño.

—Pero ¿y si es el mismo?

—Si fuera así, puedo ponerme en contacto con otra persona en la dirección que me dio Sievers.

—¿Estás seguro?

—Estoy casi seguro.

—Creo que no deberías esperar hasta el miércoles, cariño. Creo que deberías ir mañana por la noche.

—¿No tenemos que ir a la fiesta de los Kimball?

—Puedo ir yo sola y luego vienes tú.

—Iré mañana por la tarde.

—¿Por la tarde? Esto parece algo que hay que hacer por la noche, no sé por qué...

—Al menos por la tarde puedo enterarme de cómo están las cosas. De si es la misma persona.

Sin embargo, por debajo de su aparente seguridad, Sam sabía que era la misma persona. Un malicioso destino estaba repartiéndole a Cady todos los comodines de la baraja.

A las cuatro de la tarde, el calor era brutal en Market Street. Sam encontró un parquímetro cerca del número 1800 y se aseguró de cerrar con llave el coche. Aquel era un barrio donde uno se aseguraba de cerrar el coche. El 1821 no tenía ningún signo que indicase empresa o propiedad. La puerta estaba dos escalones por debajo del nivel de la acera. En el pequeño escaparate, casi opaco a causa del polvo, podían verse algunos desvaídos carteles publicitarios de refrescos y de puros. En el cristal, en descascarilladas letras doradas, decía: PUROS, REVISTAS, CARAMELOS. Aquel lado de la calle estaba en sombra. Seis escalones de piedra ascendían hasta la entrada del edificio adyacente. Una mujer extremadamente gorda y con el pelo rojo estaba sentada en el último escalón. Su cuerpo seboso abultaba bajo el sucio vestido rosa que llevaba puesto. Bebía pequeños sorbos de una lata de cerveza.

Sam bajó los escalones y trató de abrir la puerta, pero estaba cerrada.

—Está cerrado por lo de Joe, encanto —le informó una voz fuerte y estridente.

Sam miró el rostro redondo de la mujer. Era más joven de lo que había creído cuando le echó el primer vistazo.

—Lo que oyes. Joe va y se muere. Alguien le birló una moneda de diez centavos y el corazón le falló del susto.

Soltó una risita.

Sam subió de nuevo a la acera y la miró.

—¿Tienes idea de si va a volver a abrir?

—Demonios, pero si está abierto. Solo han cerrado la puerta de delante por cortesía hacia Joe. Ya sabes. No sé quién lleva el negocio o quién se lo va a quedar ahora, pero te aseguro que no se van a perder un día de acción, sobre todo un sábado.

Sam se dio cuenta de que estaba felizmente borracha.

—¿Y cómo entro?

—Vamos a ver, guapetón, si quieres entrar, vas hasta allí y te metes por el primer callejón y luego vas a la parte de atrás y giras a mano izquierda y cuentas tres puertas y llamas a la tercera. Pero esos caballos te irán comiendo hasta matarte. Ahora bien, si tienes veinte pavos y no sabes qué hacer con ellos, resulta que hay una rubita muy mona en este mismo edificio que se muere del aburrimiento. Es cantante en una banda, ¿sabes?, y la banda se ha disuelto, y ahora tiene que sacarse algo de pasta para irse a la costa, donde le van a hacer una audición. Es una verdadera universitaria y...

—No, gracias. Otro día.

La mujer le puso mala cara.

—Estos tíos de los caballos —dijo—. Estos tíos asquerosos de los caballos.

Sam le dio las gracias y siguió sus indicaciones. Llegó a una puerta de aspecto pesado, sin ventanilla. Se abrió quince centímetros, y un rostro redondo y blanco, como hecho de masa sin hornear con dos ojillos como pasas, lo miró y dijo:

—Qué.

—Me... me gustaría hablar con quien esté al cargo...

Podía oír un murmullo de voces tras la puerta.

—De qué.

—Yo... Me envía Sievers.

—Espera ahí.

La puerta se cerró. Pasó un minuto de reloj. Se abrió de nuevo.

—Aquí nadie sabe nada de ningún Sievers.

—Joe Tanelli lo conocía.

—Me parece muy bien.

Los ojillos como pasas parecían atravesarlo y mirar más allá de él.

—¿Y si..., y si quiero hacer una apuesta?

—Te vas a las carreras.

—Espere un momento...

Pero la puerta ya estaba cerrada del todo. Sam esperó unos minutos y volvió a llamar.

—Vamos a ver, amigo... —dijo el rostro blanco.

—Escúcheme. Joe iba a hacer algo por mí. Ahora ya no puede. Pero yo aún quiero que eso se haga, y quiero pagar por el servicio, y me gustaría saber con quién tengo que hablar.

—Conmigo. ¿Qué había que hacer?

—No puedo contárselo plantado en este callejón.

—Verás, amigo, yo recibo órdenes. No hago tratos privados. Joe hacía tratos privados. Él tenía su forma de hacer las cosas y yo tengo la mía. Así que ve y dile a tu comité que ni siquiera te dejaron entrar.

La puerta empezó a cerrarse y de pronto se entreabrió de nuevo.

—No te quedes por aquí, amigo, y no vuelvas a llamar a la puerta si no quieres que alguien salga a hacerte entrar en razón.

Cerró de un portazo.

Sam no abandonó la zona de Market Street hasta casi las diez de la noche. En las películas estas cosas costaban tan poco esfuerzo... Siempre había tipos siniestros disponibles para el héroe. Sam se metió en los bares de peor aspecto que pudo encontrar. Nunca se le había dado bien empezar una conversación con desconocidos. Intentó seleccionar individuos con el aspecto adecuado, iniciar una conversación y llevarla hasta un punto en que pudiera plantear su problema de manera hipotética. «Ahora supongamos, solo como hipótesis, que este amigo mío quisiera pagar a alguien para que le dé una paliza al tipo que se está acostando con su mujer...».

—Lo que tiene que hacer el tonto ese es llamar a un par de amigos y ocuparse él mismo del asunto. Y, si no, dejar que el otro se quede con la mujer. Que mejor estará sin ella.

Hubo un hombre que parecía violento y bastante astuto, pero, una vez le formuló la pregunta, dijo:

—Que tu amigo ponga la otra mejilla y pida perdón a Dios por haber concebido un mal. Que se ponga de rodillas y rece por que el seductor vea lo pecaminoso de su proceder y por que su lasciva esposa encuentre el camino de vuelta a Jesucristo.

Desalentado, Sam intentó otra táctica. «¿Quién dirige el cotarro en la ciudad? ¿Quién es el pez gordo del inframundo de New Essex?».

Un camarero de cara triste le soltó un discurso informal sobre el tema.

—Jefe, yo te recomendaría que no vieras tanta televisión. En lo que respecta a los chanchullos, esta ciudad tiene puesto el cartel de «fuera de la oficina». No hay nada organizado, y, Dios, espero que nunca lo haya. Hay un par de timbas de póquer que cambian de lugar, y se puede encontrar alguna que otra chica, y de vez en cuando pasa por aquí un vendedor de hierba o se ve la mano dura de los sindicatos obreros... Pero no hay un amo de todo esto porque nadie controla los distritos electorales. Ahí es donde se montan los chanchullos. Si puedes conseguir que haya una votación en bloque, entonces puedes hacer que los políticos te quiten de encima a la policía y te consolidas. Pero por aquí todo es de poca monta, jefe.

—¿Y qué me dices de alguien como, por ejemplo, Joe Tanelli?

—No me gusta hablar mal de los muertos, pero Joe era un don nadie. Hacía de vez en cuando de perista, cuando no había peligro. Y de vez en cuando financiaba una partida ilegal. Era lo bastante listo como para saber que si expandía el negocio, alguien vendría a ponerle el pie encima. Aquí tenemos policías duros y listos, jefe.

—Entonces, ¿quién es más importante que Joe?

—Estoy intentando decírtelo, pero parece que no escuchas. Igual no me estoy explicando. Hay quizá tres o cuatro Joe Tanellis. Muchachos que trabajan en la sombra. En una buena semana, se sacan quizá trescientos pavos. Eso de lo que tú hablas no ocurre aquí. Esta ciudad tiene la tapa puesta. Y espero que para siempre. Hace mucho tiempo me cansé de preguntarme cuándo me iba a caer un palo por vender la marca de cerveza equivocada. Por eso me mudé aquí.

Sam supo, por la sensación que tenía en la boca al hablar, que estaba ligeramente borracho.

—Te voy a decir lo que de verdad quiero...

—Déjame que te diga antes esto: no quiero oírlo. No quiero saber nada de lo que vendes o compras. Cuanto menos sepa, mejor dormiré por la noche.

—Pero...

—Seamos amigos. A esta invita la casa. Ahora, si quieres que sigamos hablando, podemos hacerlo de mujeres o de béisbol. Tú eliges.

Condujo con cuidado de vuelta a Harper y se fue directamente a la fiesta de los Kimball. Todo el mundo estaba en el patio que tenían detrás de la casa. Dorrie Kimball encontró para él un trozo de carne ya frío y se lo calentó sobre lo que quedaba de las brasas de carbón. Estaba correoso. Había una docena de parejas. Estaban jugando a un complejo juego que les divertía sobremanera y que a él lo dejó espectacularmente frío. En cuanto tuvo ocasión, se llevó a Carol a un lugar apartado.

—He tenido un éxito rotundo —dijo con amargura—. Me he sentido abrumado por mi propia competencia. Ha sido como intentar vender postales guarras en mitad de una parrillada de la escuela dominical.

—¿Cuánto has bebido?

—Mucho. Gajes del oficio. He estado merodeando por antros de mala muerte, con el cuello de la chaqueta levantado y el pulgar en el botón de mi navaja automática. Me han llamado guapetón, amigo y jefe. ¡Que se vayan todos al cuerno!

—¿Se puede hacer algo?

—Puedo llamar a Sievers el lunes por la mañana. Dios, qué fiesta tan horrible...

—Chisss..., cariño. No tan alto. Y, además, no está tan mal.

—¿Cuándo podemos irnos?

—Te haré la señal de costumbre cuando se pueda. Qué mala suerte que Tanelli se haya muerto de repente...

La copa que le había dado Joe Kimball parecía haberle hecho más efecto a Sam que todas las anteriores juntas. Se tambaleó y entornó los ojos para mirar a Carol.

—Y también es mala suerte para el bueno de Joe...

—No seas borde conmigo.

—Ya lo he comprendido todo. Sabes lo que está pasando, ¿no? Es el dedo del destino que está estafando al pequeño Sammy Bowden. A ese hombre bueno. Ese hombre bueno y justo. ¡Ah, cómo ha caído tan bajo! Ahora va por ahí contratando asesinos. Pero no podemos ponérselo fácil. Porque, si no, el bueno de Sam no se dará cuenta de cómo se ha caído de la perfecta gracia donde se encontraba. Tenemos que hacer que se revuelque. Tenemos que inculcárselo bien para que no se olvide.

—Cariño, por favor.

—Bowden, el amigo de la ley y el orden, así lo llamábamos en la oficina. Lo más parecido a la segunda venida de Cristo. Su fuerza era como la fuerza de diez porque su grial estaba colmado. Un tipo quebradizo. Podía romperse, pero no doblarse. Nunca habría transigido en nada que concerniese a su honor. Y en qué espectáculo tan lamentable se ha convertido... Escurriéndose por los barrios bajos... Bebiendo alcohol de quemar... Gorroneando unas monedas... Dicen que un día de estos lo van a arrestar por exhibicionismo...

El golpe de la pequeña y dura palma de Carol contra su mejilla sonó con un chasquido fuerte y chocante. El escozor hizo que se le llenaran los ojos de lágrimas. Sam la miró y vio que no parecía enfadada o dolida. Lo estaba mirando con bastante calma.

—¡Oye! —dijo Sam.

—Con bebida o sin bebida, no creo que sea el momento adecuado para sentir lástima por nosotros mismos, querido.

—Yo solo estaba...

—... enfadado contigo mismo por no ser capaz de hacer algo que está por completo fuera de tu ámbito y que va en contra de todo aquello en lo que crees... Así que has empezado a revolcarte en un patetismo barato, a restregártelo por el pelo.

—Vaya derechazo por sorpresa que me has arreado, compañera...

—¿Era eso lo que estabas haciendo, sí o no?

—Supongo que sí.

—Necesito a alguien muy fuerte en quien apoyarme en estos momentos. Hasta hace unos minutos creía que lo tenía de sobra.

—Ya ha vuelto. Sigue apoyándote.

—¿Estás enfadado conmigo?

—Rabioso, furioso y planeando venganza —dijo Sam, y la besó en la punta de la nariz.

Para su desconcierto, Carol se puso a llorar desconsolada y sin contenerse. Cuando por fin se calmó, Sam supo el motivo de sus lágrimas. Le había afectado mucho pegarle. «Todas nuestras reacciones emocionales se están volviendo estridentes y desgarradas —pensó él—. La tensión está deshaciendo la arena bajo las murallas de nuestro castillo».

El lunes por la mañana, la sucursal local de Apex le proporcionó la información necesaria para contactar con Sievers en California. El señor Sievers no estaba en la oficina, pero le telefonearía más tarde. Eran las once cuando llamó Sam, a causa de la diferencia horaria, y hasta las tres el detective no le devolvió la llamada.

Aunque la conexión telefónica era buena, Sievers sonaba lejano, falto de interés.

—¿Un ataque al corazón? Qué lástima.

—Esto me pone las cosas bastante difíciles...

—Ya me imagino.

—¿A quién podría llamar para... el mismo tipo de servicio?

—No creo que se pueda acudir a nadie más.

—Y entonces, ¿qué hago?

—Podría organizarse algo en otro lugar... Se podría enviar a algunas personas... Le costaría más dinero, y llevaría tiempo.

—¿Me puede ayudar con eso?

—Estoy bastante sobrecargado de trabajo aquí. Y además... La verdad es que me encuentro en una situación diferente, Bowden. Quiero decir que aquello fue un acuerdo personal. Oficialmente no puedo hacer nada. No en esa línea. ¿Lo comprende?

—Creo que sí.

—Hice lo que pude. Está usted teniendo una racha de mala suerte.

—Quizá pueda buscar a alguien yo mismo...

—No creo que pueda. Y sería un gran riesgo. Lo mejor será que... que saque a los suyos de allí.

—Entiendo.

—Siento no ser de más ayuda.

Fue una conversación bastante insatisfactoria. Significaba el final de cierta posible línea de defensa. Tendrían que retroceder a una posición defensiva diferente.

El lunes por la noche lo habló con Carol. Ella se lo tomó con más calma de lo que él había anticipado.

—Tiene sentido —dijo—, pero estaremos muy dispersos. Nance y Jamie, en el campamento... Bucky y yo, Dios sabe dónde... Y tú te quedas solo, y eso me da miedo, cariño. ¿Qué haríamos nosotros si te pasara algo?

—Seré el más devoto cobarde que puedas imaginar, cariño. Cogeré una habitación en el New Essex House y no saldré de noche, y no abriré la puerta si no estoy condenadamente seguro de quién está llamando.

—¿Y si no pasa nada? ¿Cuándo podremos volver? ¿Cuándo sabremos que todo ha terminado?

—No creo que él vaya a tener mucha paciencia cuando salga. Creo que intentará algo, y lo intentará contra mí, y yo me aseguraré de que fracasa, y si lo consigo, entonces tendremos pruebas para ponerlo entre rejas una larga temporada.

—Oh, sí. Un año, tres años, y lo pasaremos en grande planeando qué haremos cuando salga de nuevo. Será como este mes. Lleno de sonrisas nerviosas y de bromas sin gracia.

—Todo saldrá bien.

—Perdona, pero te pido que dejes de decir eso. Me hace sentir como si me estuvieras dando palmaditas en la cabeza. Ojalá todo salga bien. Es lo que deseamos con todas nuestras fuerzas. Pero no tenemos ninguna garantía por escrito, ¿verdad que no, cariño?

—No. Solo podemos hacer todo lo que podamos. Y, en ese sentido, te encantará saber que mañana voy a convertirme en un personaje intrépido y peligroso con ayuda del capitán Dutton.

—¿Qué quieres decir?

—Está tramitando mi permiso de armas. No se resistió tanto como pudieras pensar. A la hora de comer iré a recoger un artefacto muy feo y muy efectivo manufacturado por Smith and Wesson. Y cuando el arnés esté bien ajustado, la llevaré colgada aquí. Irá metida en una cosa llamada pistolera de muelle. Nadie me la podrá quitar, pero si me dispongo a cogerla de la manera apropiada, Dutton dice que saltará directamente a mi mano. Entonces solo me faltará una caja de ginebra, una rubia alta y bien dispuesta y una pequeña oficina destartalada.

Ella lo miraba con serenidad.

—Cuántas bromas alegres. Y qué sonrisa tan amplia, tan desganada y tan incómoda.

—¿Y qué demonios quieres que haga? ¿Apretar la mandíbula y poner mirada de acero? ¡Pues claro que me siento incómodo con todo esto! No es exactamente mi línea, ¿entiendes? Me da miedo Cady. Me da miedo igual que a un niño le da miedo una pesadilla. Solo pensar en él hace que me suden las manos y se me haga un hueco en el estómago. Tengo tanto miedo que voy a coger ese revólver y, mañana por la noche, me llevaré tantas balas a la colina que, cuando termine, seré capaz de desenfundar, disparar y acertar a cualquier cosa que se mueva. Me voy a sentir como un niño pequeño jugando a policías y ladrones. Me voy a sentir incómodo. De modo que seguiré haciendo mis pequeñas bromas tristes, por puro nerviosismo. Pero estaré mucho más cómodo si soy un objetivo que además puede devolver los disparos.

Sam dejó de caminar de un lado a otro, miró a Carol y vio que silenciosas lágrimas le resbalaban por las mejillas. Se sentó a su lado, la tomó entre sus brazos y besó sus salados ojos.

—No debería haberte gritado —murmuró—. No... no debería haber dicho eso. Es solo que estoy cansado de... de esta jovialidad frenética con la que lo recubrimos todo. Se ha convertido en un hábito nervioso, pero supongo que somos así.

Carol le sonrió débilmente.

—Y yo tampoco podría soportar a un marido pomposo y sin sentido del humor. Me... me alegro de que vayas a comprar el arma. Así me sentiré mejor, de verdad.

—Yo, mi revólver y mi estúpido parloteo.

—Me quedo con los tres. Y encantada.

—Bueno. Ahora volvamos a nuestros planes. Salimos temprano el viernes por la mañana. Encontramos un lugar para ti y para Bucky. Nos quedamos allí el viernes por la noche. El sábado vamos a ver a la cumpleañera. Me quedo con vosotros el sábado por la noche en el lugar que encontremos, y el domingo me vuelvo a la ciudad y...

—¿Por qué no llevamos los dos coches, cariño? Así, cuando vayamos al campamento, podemos dejar el MG en el lugar donde me quede y después, el domingo, puedes llevártelo a la ciudad cuando te registres en el hotel.

—Buena idea.

—Voy a odiar estar lejos de ti.

—No eres la única.

El martes por la noche volvió a casa con el revólver de cañón corto metido en su funda y colgado bajo su axila. El arnés le molestaba, y se dio cuenta de que tardaría mucho en acostumbrarse. Se sintió ridículo mientras volvía a la oficina aquella tarde, y no podía evitar pensar que cualquiera que lo mirara por la calle podía ver aquel bulto sospechoso bajo su brazo izquierdo.

Al llegar a casa tuvo que pasar una inspección mientras Carol daba vueltas a su alrededor.

—Yo sé que está ahí, y por eso puedo ver el bulto, pero supongo que eres el tipo ideal para llevarla, cariño. Estás delgado y te gusta vestir chaquetas holgadas.

—Así que ese bombón entra contoneándose y en un instante me doy cuenta de que es el tipo de mujer al que no hace falta que nadie le diga qué hora es. Se sienta, montando un espectáculo al cruzar sus increíbles piernas, y mete la mano en un bolso tan grande como una cabina telefónica para enanos, de donde saca un fajo de papeles verdes que haría atragantarse a un hipopótamo. Después se inclina hacia delante y cuenta cien billetes de dólar en la esquina de mi escritorio. Yo estaba tan concentrado contando con ella que no tuve tiempo de echarle un vistazo a su escote.

Carol adoptó una pose levemente lúbrica y dijo, torciendo la boca:

—¿Y qué quería esa fulana, nene?

—Ah, después de todo el espectáculo, pura rutina. Quería que matase a un tipo.

—¿Y vas a hacerlo?

—Mañana. Después de comer. Hay que matar a ese pardillo. Mira, muñeca, me han encargado esta misión. Yo me ocupo de matar a los tipos malos. Los que tienen contactos para que la ley no pueda tocarlos, ¿entiendes? Me ocupo de sacar la basura, ¿entiendes? Los elimino, como los caballeros de antaño se libraban de los dragones que había por ahí con halitosis flamígera. Me pagan por ello, y las rubias altas siempre son agradecidas. Agradecidas de verdad.

—Esa mirada lasciva, amigo mío, es casi demasiado convincente.

—Después de un rato, sube a la colina y mírame presumir cuando me haya acostumbrado a esta cosa. Dutton dice que no hay que apuntar. Solo señalar con ella, como señala uno con el dedo. ¿Dónde está Bucky? No quiero que se le ocurra pasar trotando por la línea de fuego...

—Liz Turner se llevó a todo el grupo de niños a la feria del condado.

—Una dama noble y valiente.

Subió hasta el campo de tiro con tres cajas de cartuchos, un trozo de sábana y un rollo de cordel. Ató la sábana al tronco de un árbol tan grueso como el torso de un hombre. Dibujó a lápiz un tosco corazón en la parte izquierda del pecho. Al principio, su lentitud, su torpeza y su imprecisión lo desalentaron. El arma producía un ladrido plano y vigoroso, mucho más dominante que el chasquido quebradizo del Woodsman. Disparó un par de docenas de balas para comprobar su precisión; luego volvió a la rutina de desenfundar y disparar. Tenazmente, empezó a mejorar.

Carol subió al cabo de un rato.

—Suenas como una revolución en Sudamérica —dijo.

—Esto es más difícil de lo que pensaba.

—¿No estás demasiado cerca?

—Son siete metros medidos, nena. Esta cosa no está diseñada para disparar a larga distancia. No sé si estoy preparado para presumir, pero lo intentaré.

Desató la agujereada sábana y volvió a atarla con más fuerza.

—¿Qué es eso?

—Es un corazón.

—Es demasiado pequeño, y debería estar más hacia el centro.

—Deja de hacerte la enterada. Ya estoy en posición. Me pongo un poco de lado. Manos a los costados. Despreocupado y relajado. Cuando quieras, grita «ya».

—¡Ya!

Agarró la empuñadura a la primera; su dedo encontró el gatillo mientras el arma giraba hacia delante y vació el tambor. Hizo cinco agujeros en la diana, el primero en la zona abdominal, uno en la cintura y otros tres bastante bien centrados en el pecho.

—¡Guau! —dijo ella, realmente impresionada—. ¿Fallaste uno?

—No. El percutor queda en la cámara vacía. Se dispara el primero en doble acción.

Estaba levemente pálida y se la veía tragar saliva.

—Quizá mi imaginación es demasiado vívida, cariño, pero parece tan horriblemente... funcional.

—Es completamente funcional. Está diseñada para usarse con personas. Máxima velocidad y máxima potencia para matar según su tamaño. No tiene nada de bonito o de romántico.

Abrió el revólver, expulsó los casquillos y la recargó.

—¿Quieres probarla?

—Creo que no. Prefiero no hacerlo.

—¿Te hace sentir un poco mejor la demostración?

Carol asintió.

—Sí. La verdad es que sí, Sam. Pero es extraño pensar en ti como... Quiero decir...

—Sé lo que quieres decir. Te refieres al adorable y apacible Sam. Dutton también es consciente de ello. Y argumentó al respecto con mucho cuidado, de manera indirecta. Me dijo que el ejército tuvo muchos problemas en la Segunda Guerra Mundial y en Corea porque los muchachos no querían disparar sus armas. No se entiende bien la verdadera razón. Es algo que tiene que ver con la civilización, con la educación cristiana, con el respeto por la vida y la dignidad de los individuos. Me dijo que también pasa en la policía. Viene un chico duro y con buenos reflejos que se desenvuelve de maravilla en el campo de tiro. Y luego, un día, se encuentra en una situación complicada. Y el chico hace exactamente lo que le han enseñado, apunta su arma y pone el dedo en el gatillo. Pero entonces no pasa de ahí, y, claro, si se trata de la situación equivocada, muere un policía. Yo no estoy seguro de mí mismo. La verdad es que puedo matar mil veces a ese árbol, con los labios contraídos en una mueca asesina. Pero ¿y si fuera de carne y hueso? No lo sé. La verdad es que no lo sé. Si hubiera entrado alguna vez en combate, lo sabría. Creo que sí puedo. Tengo que convertir esto en algo automático para que apretar el gatillo no sea más que una parte de la acción completa, y no una pieza separada al final. De esa forma, si empiezo, seré capaz de ir hasta el final. O eso espero.

Carol ladeó la cabeza y lo observó.

—No tienes ninguna pretensión, Sam. Quiero decir que te miras a ti mismo con una mirada larga y fría.

—Si lo que quieres decir es que no me considero a mí mismo un personaje gallardo e intrépido, tienes razón. Soy un oficinista sedentario de cuarenta años con una hipoteca, una familia y un seguro de vida. Este nuevo aroma de violencia y de amenaza encaja conmigo de la misma forma que George Gobel* se sentiría como en casa en un campeonato de los pesos pesados. Es una obviedad decir que la vida nos plantea exigencias extrañas e inesperadas. Estoy tratando de enfrentarme a esta, pero, mi querida doncella india, hay algo en ella que me hace sentir como un ratoncito blanco en un pozo lleno de serpientes.

Carol se acercó a él y le tomó por las muñecas.

—Yo te digo que no eres un ratón blanco. Eres tan valiente como cualquier hombre. Tienes calidez y fuerza. Sabes cómo amar y ser amado. Y eso es un arte raro e importante. Eres mi hombre, y no querría que cambiases en nada.

Sam la besó y después se quedó apretándola entre sus brazos. Miró por encima del hombro de ella y el oscuro brillo metálico en su mano derecha le pareció incongruente. Tenía la muñeca doblada para que el arma no tocase la blusa azul pálido de Carol. Más allá del arma podía ver la diana blanca, y el corazón que había dibujado, y los cinco agujeros de bala.

---

* Famoso humorista, actor y comediante estadounidense (1919-1991). *(N. del E.)*.

CAPÍTULO OCHO

El viernes salieron bien pronto y condujeron hacia el sudeste, hacia los agradables pueblecitos vacacionales de la zona del lago. Bucky pareció aceptar la idea de que Carol quería tomarse un descanso de las tareas domésticas y de que él podía acompañarla. Era la segunda mejor opción después del campamento, le dijeron.

Sam condujo despacio y se metió por carreteras secundarias, de modo que llegaron al pueblo de Suffern, a ciento cuarenta kilómetros de Harper, a la hora de comer. Se tomaron un buen almuerzo en el tranquilo comedor de un albergue junto al lago llamado El Viento del Oeste. Era una antigua edificación de madera con la alta y torpe dignidad de la época victoriana. Un hombrecillo ajetreado les mostró dos habitaciones en el tercer piso con vistas al lago y un baño compartido entre las dos. La tarifa semanal era razonable, y las habitaciones, con mobiliario de arce y alfombras de retales, estaban limpias y eran alegres. La tarifa incluía el desayuno y la cena, así como el uso de una pequeña playa, de las barcas de remos del hotel cuando estuviesen disponibles, del campo de cróquet y de las dos canchas de tenis.

Sí, había otros críos en el hotel, y nunca se había establecido una normativa de exclusión de niños, pero no se permitían animales de compañía, por favor. La mera mención indirecta de Marilyn fue suficiente como para entristecer visiblemente a Bucky. Sam decidió que era del todo innecesario usar un nombre diferente. Eso sería melodramático, ridículo e innecesario. Carol dijo que le escribiría directamente a la oficina y, como precaución adicional, no usaría sobres marcados con la dirección de El Viento del Oeste.

Cuando Carol y Bucky deshicieron las maletas y se cambiaron de ropa, fueron a dar un paseo por el pueblo y después volvieron y esperaron a que quedase libre el campo de cróquet. Carol, que jugaba muy en serio, poseía una extremada precisión, y cada vez que se acercaba lo suficiente, sentía un regocijo inmenso al enviar de un golpetazo la pelota de Sam al interior del campo. Sam formó equipo con Bucky, pero, aun así, ella ganó con facilidad.

Esa noche, cuando los dos estaban ya en la cama doble, Carol dijo:

—Voy a hacer una gran extravagancia y me voy a comprar una raqueta de tenis. Estoy terriblemente fláccida. Necesito ponerme en forma.

—¿Fláccida? ¿Fláccida? ¿Dónde? ¿Aquí? ¿O quizá aquí?

—Basta, pedazo de idiota.

—¿Crees que serás feliz aquí?

—Feliz no, cariño. Pero tan resignada como podría estarlo en cualquier lugar lejos de ti.

De pronto le entró una risita.

—¿Qué pasa?

—Bucky. Me he acordado de su señorial desagrado cuando esas dos niñas quisieron hacer migas con él.

—Aun así, vi que se unía a sus juegos y diversiones.

—Pero de manera altiva y condescendiente. Es un hombrecito muy varonil.

—Y mañana, la cumpleañera...

—Quince años. Dios, qué edad tan terrible.

—¡Hereje!

—No. Yo era desesperadamente infeliz a los quince. Cada espejo me rompía el corazón. Yo era un desastre. De modo que nunca iba a poder casarme con él...

—¿Quién era él?

—No te rías de mí. Clark Gable. Lo tenía todo planeado. Él iba a venir a Texas a rodar una película, iba a ser una película sobre pozos petrolíferos. Y yo iría al lugar donde estaban rodando la película y un día él se daría la vuelta y me miraría directamente a mí, y me sonreiría de esa manera tan graciosa y burlona, con una ceja arriba y la otra abajo, y entonces pararía las cámaras y se acercaría y se quedaría mirándome. Y le haría una señal a alguien, el cual vendría corriendo, y le diría, señalándome mientras yo permanecía orgullosa y altiva de mi belleza: «Ahí está mi próxima protagonista femenina. Redacta los contratos». Pero, oh, Dios mío, yo era un desastre...

—Yo tuve una aventura intensa y perturbadora con Sylvia Sidney. Ella se hacía un ovillo en mis brazos como una gatita y me decía que en realidad no le importaba en absoluto que me sobrasen casi nueve kilos... Mira quién se ríe ahora.

—Lo siento, cariño.

—Luego, por supuesto, también estuvo mi fase Joan Bennett. Y mi fase Ida Lupino, que duró una temporada. Y Jean Harlow. Jean solía venir en coche desde París y me esperaba en su descapotable Pierce-Arrow detrás del hangar. Cuando yo aterrizaba en mi avión acribillado a balazos, con las ametralladoras de a bordo aún humeantes y tres insignias más de aviones derribados, saltaba de la cabina, flaco y despreocupado y mortífero, y subía al gran coche. Mi increíble suerte se debía a la media negra de rejilla de ella que me ataba al brazo antes de cada misión de combate. Ella solía traer una cesta con champán y hielo, y esa noche nos veían juntos en los lugares más glamurosos de París. La ondulante rubia platino y el alto piloto veterano con una mirada de lugares lejanos y una inmensa y humilde valentía.

—¿En serio?

—Me dejó por un coronel británico. En mi siguiente misión olvidé ponerme la media. Un as de la aviación alemana se abalanzó sobre mí desde las nubes. Mientras mi avión caía envuelto en llamas, lo saludé y él movió las alas en señal de cortesía hacia un héroe que iba a morir.

—Cielo santo...

—Esa risita es muy insultante. Como si te estuvieses pitorreando de mí.

—Dios mío, cómo me gustaría que pudiéramos seguir así. Quiero decir, a salvo. Y todos juntos. No quiero que llegue el domingo, no quiero quedarme ahí plantada haciendo como que sonrío mientras tú te alejas en el coche.

—No pienses en ello.

—No puedo parar.

—A lo mejor podría distraerte.

—Hum... A lo mejor.

Tal como habían acordado por carta, recogieron a Jamie antes del almuerzo. Estaba moreno y delgado y mostraba un sorprendente estado de limpieza. Después condujeron cinco kilómetros por la carretera de la costa del lago hasta Minnatalla para recoger a Nancy. La joven tenía un aspecto de abrumadora salud y le brillaban los ojos.

Recorrieron cincuenta kilómetros hacia el este, hasta la pequeña ciudad de Aldermont, donde disfrutaron de un almuerzo de celebración en el comedor del hotel Aldermont. La camarera los condujo hasta una pequeña salita anexa al comedor para que tuvieran más intimidad.

Nancy no cabía en sí de felicidad. El campamento era maravilloso aquel año. El señor Teller era bastante inquietante, pero no se le veía mucho el pelo. Nancy era presidenta asistente del comité social y Tommy Kent era presidente del comité social de Gannatalla, así que se reunían a menudo para hacer planes. A Tommy le iba muy bien. El señor Menard lo había nombrado algo así como su asistente personal. Una chica pelirroja tuvo una reacción tan fuerte a causa de la hiedra venenosa que la tuvieron que enviar a casa. Otra chica se cayó de un caballo y se hizo una luxación en el hombro, pero no la mandaron a casa. Había una lancha nueva para hacer esquí acuático, y los dos campamentos se turnaban para usarla. Tommy era el piloto habitual.

Cuando se le acabó la cuerda a Nancy, Jamie hizo un relato superficial de sus aventuras. Había un listillo en su cabaña, así que Jamie y él se habían puesto los guantes de boxeo, pero el señor Menard los separó después de que Jamie hubiese tumbado dos veces al otro, y ahora eran amigos. Había aprobado el examen de socorrista júnior. Había matado a una serpiente con un palo. Estaba fabricando su propio arco para hacer tiro al blanco. Con madera de limonero. Había que tallarlo con trozos de cristal y confeccionar la cuerda enrollando hilo de lino y después frotándolo con cera de abeja.

Tras la comida, Sam fue a buscar los regalos al maletero del coche. A Nancy le encantó todo. También habían traído los tradicionales regalos de consolación para Jamie y Bucky. De consolación porque era el cumpleaños de otra persona.

Carol, según habían convenido, se llevó a Bucky y dejó a Sam con Nancy y Jamie para que les explicara las nuevas disposiciones. Podían saber que su madre y su hermano se quedaban en El Viento del Oeste, pero debían mantenerlo en secreto. Nancy preguntó si se lo podía contar a Tommy, y Sam le dijo que sí. En caso de una emergencia seria, podían llamar a su madre a Suffern y a él a su oficina o al New Essex House.

Jamie le echó una mirada sombría a su padre y dijo:

—Esto es como huir, ¿verdad?

—¡Tú te callas! —dijo Nancy.

—No pasa nada, Nance. Sí, hijo. En cierto sentido, sí. Pero yo no me escondo. Voy a tener cuidado, pero no me voy a esconder. Las mujeres y los niños bajan los primeros a los botes salvavidas.

—Tommy y el señor Menard no paran de decirme que no me separe nunca de los otros niños... —dijo Jamie—. Ojalá ese sucio presidiario viniera al campamento. Lo íbamos a dejar arreglado, muchacho. Cogeríamos todos piedras y las lanzaríamos a la vez. Las piedras le darían todas en la cabeza. Después lo ataríamos y lo llevaríamos a la cocina y lo pasaríamos por la nueva cortadora de carne, que el señor Menard dice que ha costado ciento veinte dólares.

—¡Jamie! —exclamó Nancy—. No digas esas cosas tan horribles.

—Ahora que tiene quince años, ¿me puede dar órdenes? —preguntó Jamie.

—Si dices algo que va a hacer que le siente mal la comida, tiene derecho a objetar.

—Y pondré la máquina para que lo corte en lonchas muy finas —dijo Jamie en tono siniestro.

—A mí también me parece que ya es suficiente de especular de esa manera, jovencito. Ahora ya os hacéis una idea del panorama. No os descuidéis ninguno de los dos. Ese hombre tiene un coche. Ha salido de la cárcel. Cuando vea que en la casa no hay nadie, podrá enterarse fácilmente en el pueblo de dónde pasáis los dos el verano. Sé que conoce a Nancy de vista, y supongo que a ti también te conoce de vista. ¿Estáis listos para irnos? Vuestra madre y Bucky están esperando en el vestíbulo.

—Es extraño pensar que no hay nadie en casa... —dijo Nancy.

Luego, mientras se levantaban, tocó tímidamente el brazo de su padre, y dijo:

—Por favor, papá, ten cuidado.

—Lo tendré.

El domingo por la noche Sam cenó solo en el asador del New Essex House y después fue al bar para tomarse una copa antes de irse a la cama. Se quedó de pie junto a la barra, removiendo su bebida y sintiéndose muy solo en el mundo. Aquella tarde se había detenido al final de la avenida que subía hasta la entrada lateral de El Viento del Oeste, había mirado atrás y había saludado con la mano. Carol y Bucky, que estaban juntos sobre la hierba del jardín, lo habían saludado a su vez. Después había conducido demasiado deprisa el pequeño coche de vuelta a New Essex.

Lo sobresaltó una voz retumbante en su oído.

—¿Te has ido de juerga, Sam?

Se dio la vuelta, miró el ancho y sonriente rostro de Georgie Felton y trató de demostrar el suficiente agrado como para no ser grosero.

Georgie Felton era agente inmobiliario, y tenía mucho éxito. Era un gordo grande y macizo, con un sentido del humor muy poco sutil y una piel impenetrable a las indirectas. Trataba a las mujeres con un abrumador aire de galantería cortés que, para cuando se producía el segundo encuentro, se especiaba curiosamente con insinuaciones bastante groseras. Con los hombres era el típico colega guasón. Pertenecía a una asombrosa cantidad de asociaciones cívicas y de clubes. En el trasfondo existía una redonda Angela Felton y cuatro pequeños y redondos Felton. Lo llamarían Georgie hasta el día de su muerte. Carol no lo tragaba. No podía entender cómo había llegado a tener éxito. Cuando estaban buscando casa, la había llevado a ver lugares tan poco apropiados para ellos que empezó a sospechar que se trataba de alguna oscura broma. Pero Georgie hablaba muy en serio.

—Hola, Georgie.

Este le dio una palmada en el hombro derecho y dijo:

—Benny, ponle al señor Bowden otra más de lo que esté tomando.

—No, de verdad.

—Venga, hombre. Si te puedes aguantar de pie, puedes aguantar otra más. ¿Qué te trae esta noche a la ciudad? ¿Una gran cita con una rubia misteriosa?

—Estoy alojado aquí, en el hotel.

Las cejas de Georgie ascendieron.

—Oh, oh... Sam, viejo amigo, eso nos pasa a los mejores. No puedes vivir con ellas y no puedes vivir sin ellas. Una palabrita equivocada y aquí estás, castigado en la perrera.

Sam sintió una profunda irritación. No tenía ninguna intención de compartir sus problemas con Georgie.

—No es eso, Georgie. Dos de los niños están en el campamento, así que hemos cerrado la casa y Carol se está tomando unas pequeñas vacaciones con el pequeño.

Georgie asintió con gesto comprensivo.

—Está de moda eso, Sam. Vacaciones del matrimonio. Dejar de sacar de quicio el uno al otro durante una temporada.

Hizo un guiño lascivo y le dio un codazo en las costillas tan fuerte que casi lo tiró del taburete.

—Pero nunca he sido capaz de convencer a Angie —dijo, y echó la cabeza hacia atrás para reírse a carcajadas. Le dio otro codazo—. Enséñame cómo conseguirlo, Sammy, muchacho. Tú tienes algo planeado, ¿no es así, viejo amigo? ¿Quieres que el tío Georgie te preste su pequeña agenda negra?

—No, gracias, Georgie.

Sam bloqueó el siguiente codazo.

—Te equivocaste de negocio, Sammy, muchacho. Te lo digo yo: pasearse por una buena casa nuevecita tiene algo que saca lo mejor de una mujer guapa. Te sorprenderías al ver algunas de las que me encuentro, muchacho.

—Por Dios, Georgie, deja de meterme ese codo en las costillas.

—¿Cómo? Ah, mil perdones, caballero. Es una costumbre que tengo, supongo. Por cierto, hay cierto material por allí, en la mesa de la pared. Ese asunto de dejar los hombros desnudos... ¿qué te parece?

—Me parece muy bien. Pero el hombre que está con ella tiene unos hombros bien fuertes.

—¿Por qué no nos vamos tú y yo a algún sitio animado? Esto está muerto.

—Lo siento, Georgie. Voy a subir a mi habitación a leer un poco y luego me voy a dormir.

—Oh, vamos, colega, podríamos...

Georgie dejó de hablar de pronto. Sam lo miró y vio que se estaba humedeciendo los labios y tenía los ojos clavados en su chaqueta. Bajó la vista y se dio cuenta de que le asomaba la culata del revólver. Se arregló rápidamente la chaqueta para taparla.

—¿Para qué diablos llevas esa cosa? —le preguntó Georgie en un susurro carnoso. Tenía una expresión estupefacta.

—Verás, Georgie, hay un hombre que quiere matarme. Puede aparecer en cualquier momento.

Georgie miró a su alrededor con nerviosismo.

—Estás de broma...

Sam lo miró solemnemente.

—Los abogados nos ganamos enemigos, Georgie.

—¿Está... ese hombre en la ciudad?

—Podría entrar por esa puerta en cualquier momento.

Georgie retrocedió un poco.

—Vaya, por todos los demonios...

—No le hables de esto a nadie, Georgie.

—No, no. Puedes estar tranquilo.

Miró su reloj de pulsera.

—Me voy a ir yendo —dijo—. Me alegro de haberte visto, Sam.

Iba retrocediendo mientras hablaba.

El placer que le produjo a Sam este incidente se desvaneció deprisa. Georgie acabaría hablando. Se lo contaría a cada persona que se encontrase. Se terminó la no deseada bebida y subió a acostarse.

Nada ocurrió el lunes, el martes ni el miércoles. Sam siguió con su cauta rutina. Llamó dos veces desde la oficina a Carol, que disimulaba con un voluntarioso buen humor su tensión y su soledad, aunque el camuflaje era imperfecto. El miércoles por la mañana recibió una larga y locuaz carta suya. Carol describía a los otros inquilinos del hotel. Había encontrado una compañera de tenis, una chica larguirucha y muy fuerte cuyo marido era un capitán de la marina de misión en el extranjero. Se notaba un poco oxidada con la raqueta, pero estaba empezando a recuperar la forma. Bucky había mostrado tanto interés que le había comprado una raqueta pequeña y le estaba enseñando los golpes básicos. Aprendía bastante deprisa. Bucky sentía un gran desdén por la mala señal de la televisión que había en la cafetería. El gran centro comercial de la ciudad tenía una buena biblioteca de préstamo. Y echaba de menos a Sam. Los dos lo echaban de menos, y echaban de menos la casa, y a los dos campistas.

El jueves por la tarde, Sam decidió que estaba cansado de esperar y de no saber. Era hora de que el ratoncito blanco saliera del agujero y averiguara dónde estaba el gato.

Llegó al bar Nicholson, en Market Street, a las seis en punto. El bar en sí era una sala estrecha con paredes de madera contrachapada estriada pintadas de verde oscuro, con los taburetes y el borde de la barra tapizados de cuero sintético verde. Tras la barra había espejos, superficies cromadas y escasa iluminación. Todo tenía un aspecto arañado y desgastado. Los plásticos y la pintura no habían aguantado muy bien. Los espejos y los cromados se estaban desconchando. La televisión que había encima de la barra estaba encendida y había una máquina de discos con un cartel que decía que no funcionaba. Al fondo de la barra había tres hombres con las cabezas muy juntas, hablando en voz baja sobre alguna cosa importante. No había ningún otro cliente.

Al fondo había una sala más grande, un salón de cócteles. La luz del sol no llegaba a esa estancia. Dos luces ámbar apuntaban en ángulo a un pequeño escenario con un piano enano de color blanco y una batería muy maltratada. En el fulgor reflejado, Sam vio dos parejas en dos mesas del salón. Una camarera estaba apoyada en el marco de la amplia entrada que conectaba el bar y el salón. Llevaba un uniforme verde oscuro y un delantal blanco lleno de manchas. Tenía el pelo rubio sucio y desteñido, y se estaba hurgando una muela trasera con la uña.

El barman estaba de pie tras la barra frotando interminablemente un vaso y mirando la pantalla de televisión. Sam se sentó en un taburete en la curva que hacía la barra cerca de la puerta, pero después se sintió vulnerable y se trasladó al último taburete, pasada la curva, desde el cual, al sentarse de lado con la espalda contra la pared, podía ver la puerta.

El barman se movió lentamente hacia él, mirando la pantalla del televisor hasta el último momento posible. Limpió la barra delante de Sam y dijo:

—¿Sí?

—Una Miller, supongo.

Le trajo la cerveza y un vaso, cogió su dólar, lo metió en la caja registradora y puso medio dólar y cinco centavos en la barra.

—¿Un día flojo?

—A esta hora, siempre. La clientela acostumbra a venir más tarde.

—¿Ha estado últimamente Max por aquí?

Vio cómo el barman lo miraba con más atención.

—¿Qué Max? Tenemos un montón de Max por aquí.

—Uno calvo y moreno.

El barman se estiró pensativo el labio inferior.

—Ah, *ese* Max. Lo he visto una vez hace poco. Déjeme pensar... Sí, claro, el sábado por la noche. Estuvo como..., yo qué sé..., dos minutos. Dos chupitos rápidos y fuera. Ha tenido algunos problemas, ya sabe. Le dio un sopapo a un policía y lo metieron treinta días en la cárcel de la ciudad.

—¿Y Bessie McGowan? ¿Ha estado por aquí?

—Siempre está por aquí. Ya me gustaría que eligiera otro sitio, para variar. Si la conoce, ya sabe cómo se pone. Debe de estar a punto de venir.

Uno de los hombres del final de la barra lo llamó y el barman se alejó hacia allí. Diez minutos más tarde, cuando Sam estaba pensando en pedir otra cerveza, entró una mujer. No podría haber elegido un atuendo que la hiciera parecer más grotesca. Llevaba zapatos blancos con tacón de diez centímetros, ajustados pantalones de torero negros, un cinturón ancho de cuero blanco con hebilla dorada y una blusa ajustada a rayas horizontales rojas y blancas. Una mujer con una figura perfecta podría haberlo llevado con cierto grado de éxito dramático. Pero se trataba de una mujer de mediana edad, con una mata de pelo tan maltratada por los tintes que tenía el color y la textura del cáñamo blanqueado por el sol. Tenía una cara hinchada de ardilla, labios cuadrados y rojos, pintados con descaro. Su cintura era sorprendentemente estrecha en contraste con la gelatinosa inmensidad de las caderas y con los vastos y blanquecinos contornos de sus inverosímiles pechos. Era demasiado obvio que no llevaba nada bajo los pantalones y bajo la blusa aparte de un sujetador realzante que enfocaba y apuntaba con firmeza sus grandes pechos directamente hacia delante, como los cañones de un acorazado. Caminaba en medio de una nube de perfume almizclado, y llevaba un bolso blanco colgado de un solo dedo de forma que casi lo arrastraba por el suelo. Era grotesca, ridícula e increíble. Y, aun así, no había nada patético en ella. Aquella mujer libraba a su manera su gallarda guerra contra el tiempo.

Pertenecía a la gran tradición obscena de los campamentos mineros de la frontera.

Tiró su bolso blanco en mitad de la barra y, con una voz que el desgaste del tabaco, el whisky y el uso excesivo había convertido en un susurro de barítono, dijo:

—Whisky y agua, Nick.

—¿Ya ha llegado ese cheque? —preguntó el barman en tono cansado.

—Sí, sí, ha venido el cheque. Aquí tienes, sabandija desconfiada. Échame hoy Old Grand Dad.

Puso un billete de cinco dólares en la barra de un manotazo.

—Un amigo tuyo pregunta por ti, Bessie —dijo el barman mientras cogía la botella del aparador.

La mujer si dio la vuelta, miró fijamente a Sam y fue hacia él. De cerca producía esa sensación de personaje legendario que solo las actrices consumadas saben proyectar. Sam vio que sus ojos eran grandes y grises y de una gran belleza.

—Dios mío, un hombre que se pone en pie. Siéntate, amigo, antes de que me muera del susto.

Se aposentó en el taburete junto a él y lo examinó con expresión perpleja.

—Palabra que vigilo con la bebida. Normalmente de algo me acuerdo. Pero me he quedado en blanco de verdad. Dame una pista, monada.

El barman le puso delante el whisky, un vaso de agua y el cambio.

—Fue hace más de un mes, Bessie. Estabas en uno de esos garitos en la parte de la ciudad que da al lago. Con un hombre calvo llamado Max. Me dijiste que este era tu lugar favorito.

—Va a dejar de ser mi lugar favorito si Nick y Whitey no dejan de ser tan puñeteramente tacaños todo el tiempo. Me acuerdo de ese Max. Así que estaba con él... Tiene sentido. Pero ¿por qué demonios estábamos hablando contigo?

—¿Qué quieres decir?

—Llevas un buen corte de pelo y tienes las uñas limpias y tu traje está planchado, amigo. Hablas como si tus padres te hubieran enviado a la universidad. Podrías ser un médico o un dentista. Max habla con golfos. Y solo con golfos. Los caballeros como tú le sacan de quicio.

—Como me recomendaste el sitio, se me ocurrió acercarme a tomar algo.

—Así que se te ocurrió acercarte a tomar algo...

Lo miró con una coquetería horrible y totalmente convincente.

Sam movió con cautela el brazo para liberarlo de la presión de un gigantesco pecho y dijo:

—¿Has visto últimamente a Max?

—No, gracias. Ha estado en la cárcel. Supongo que ya habrá salido. A mí me gusta divertirme. Por Dios, todo el mundo que me conoce lo sabe. Tengo unos pequeños ingresos y voy tirando. Soy amigable, por así decirlo. He visto mucha gente, y muchos lugares. Y puedo aguantar muchas cosas. ¿Hay alguien que sea perfecto? Pero déjame decirte una cosa sobre ese Max Cady. Es todo un hombre. Eso lo tengo que reconocer. Pero es malo como una serpiente. No le importa un carajo nadie en el mundo excepto Max Cady. ¿Sabes lo que me hizo? —Bajó la voz y sus facciones se endurecieron—. Estábamos en mi casa. Yo tenía curiosidad por él, ¿entiendes? Una quiere saber cosas de la gente. Así que estuve haciéndole preguntas, y lo único que saqué fue que me pusiera mala cara. Y entonces le preparo una copa y le digo: «Vamos a dejarnos de rodeos, Maxie. Instrúyeme. Infórmame. ¿Qué es lo que te pasa? Cuéntaselo a mamá».

Se bebió el whisky de un trago, tomó un sorbo de agua y le gritó a Nick que le pusiera otro de lo mismo.

—¿Y qué es lo que hace él? —siguió diciendo—. Empieza a pegarme. ¡A mí! A Bessie McGowan. En mi propia casa, mientras se bebe mi licor. Se levanta de una de mis sillas y me

empieza a vapulear por todas partes. Y todo el tiempo sonriendo. Déjame decirte una cosa: creí que me iba a matar, palabra. Y luego se me apagaron todas las luces.

»Me desperté al amanecer. Estaba en el suelo, hecha una
mierda. Él se había ido. Me arrastré a cuatro patas hasta la
cama. Cuando me levanté de nuevo, fui al espejo. Tenía la
cara como una pelota de baloncesto morada. Me dolía tanto
todo el cuerpo que no me podía mover sin gritar. Fui al médico y le dije que me había caído por las escaleras. Jamás he llamado a la pasma, pero estuve a punto. Tres costillas rotas.
Cuarenta y tres pavos de dentista. Tenía una pinta tan horrible que no me moví de casa en una semana, y todavía iba caminando como una viejecita. Menos mal que soy fuerte como
un caballo, amigo. Aquel meneo habría matado a la mayoría
de las mujeres. Y ¿sabes qué?, todavía no estoy recuperada del
todo. Cuando leí los problemas que tuvo, encargué una botella y me la bebí yo sola. No es un ser humano. Ese Max es un
animal. Lo único que hice fue hacerle preguntas. Y él lo único
que tenía que hacer era decirme que me callara.

Se bebió su segundo whisky y cuando llamó a Nick para
pedir otro, Sam pidió otra cerveza.

—Así que no es amigo tuyo, Bessie...

—Si lo viera muerto en la calle, invitaría a una ronda al
bar entero.

—Tampoco es amigo mío.

Ella se encogió de hombros.

—¿Qué quieres decir? Pero si solo nos viste una vez...

—En realidad no. Eso me lo he inventado.

Sus ojos grises se volvieron muy fríos.

—No me gustan los trucos.

—Me llamo Sam Bowden.

—¿Y eso qué tiene que ver...? ¿Has dicho Bowden?

—Quizá él me llamaba «el teniente».

—Sí, es verdad.

—Bessie, quiero que me ayudes. No sé qué va a ocurrir. Va a intentar hacerme daño de alguna forma. Quiero saber si te dio alguna pista.

Bessie bajó mucho la voz.

—Era un cabrón bien raro, Sam. No decía mucho. No enseñaba gran cosa de lo que llevaba dentro. Pero dos veces mencionó al teniente Bowden. Y las dos veces me dieron escalofríos que me subieron y me bajaron por la espalda. En parte, por la expresión que tenía. Pero no decía nada con sentido. Una vez mencionó que tú eras un viejo colega del ejército y que para demostrarte lo bien que le caías iba a matarte seis veces. Dijo que iba a matarte muy lentamente. Estaba bebiendo, y yo intenté, ya sabes, reírme de aquello, como diciéndole que no creía que fuera a matar a nadie en serio.

—¿Y qué dijo él?

—Nada. Solo me echó una mirada y no dijo nada más esa vez. ¿Sabes a qué podía referirse? ¿Cómo se puede matar a una persona seis veces?

Sam miró su vaso de cerveza.

—Si un hombre tiene una mujer, tres hijos y una perra...

Ella intentó reírse.

—Nadie haría eso.

—Empezó con la perra. La envenenó.

El rostro de Bessie se puso blanco.

—Dios de mi vida...

—¿Qué más dijo?

—Solo habló de ti una vez más. Dijo algo así: «Para cuando me ponga con el teniente, le estaré haciendo un favor. Me lo suplicará»... Eso encaja con lo otro, ¿no?

—¿Vendrías conmigo a la policía y firmarías una declaración sobre lo que le oíste decir?

Ella lo miró durante diez segundos. Pareció mucho tiempo.

—Resulta que te estás arrimando a una chica graduada en la cárcel de Dannemora, cariñito.

—¿Lo harías?

—Te diré lo que tienes que hacer, guapetón. Escríbele una carta a J. Edgar Hoover. Querido Ed. Yo y los niños estábamos...

—Son una niña de quince años, un niño de once y otro niño de seis.

—Me rompes el corazón, ricura. En primer lugar, yo ya he visto ese sitio por dentro demasiadas veces. En segundo lugar, esos no iban a escuchar nada de lo que Bessie McGowan tuviera que decir. En tercer lugar, este es un mundo cruel, y siento que tengas tus problemas, pero así es la vida.

—Te lo ruego.

—¡Oye, Nick! Resulta que al final no conozco de nada al golfo este. ¿Cómo es que dejas que insulten a una señorita en este tugurio?

—No tienes por qué hacer eso... —dijo Sam.

Ella se bajó de su taburete.

—Allí es donde estoy, guapetón. Justo a donde me he encaminado toda mi vida. Justo en el lugar donde no tengo por qué hacer nada de nada.

—No levantes tanto la voz, Bessie —dijo Nick.

Ella recogió su cambio y dejó en la barra una moneda de diez centavos. La empujó hacia Sam.

—Diviértete, amor. Yo me voy a buscar un tugurio mejor que este.

Dio un portazo al salir.

Nick cogió la moneda y la observó con gesto pensativo.

—Esa es una fiera, amigo. ¿Cómo has conseguido echarla? Dímelo para usarlo yo alguna vez.

—La verdad es que no lo sé.

Nick suspiró.

—Hace mucho fue Miss Indiana. Me enseñó el recorte de periódico. Yo le dije que no sabía que aquello era un estado desde hacía tanto tiempo. Me soltó un izquierdazo en todo el ojo. En fin, vuelva a vernos cuando quiera.

Fue caminando hasta Jaekel Street. El número 211 era una casa de madera cuadrada de tres plantas pintada de marrón con remates en amarillo. Un letrero en una ventana anunciaba: SE ALQUILA HABITACIÓN. Un viejo estaba sentado en una mecedora en el estrecho porche, con los ojos cerrados. Había dos agujeros en la puerta mosquitera, uno de ellos remendado. Sam llamó al timbre y oyó cómo sonaba en la parte trasera de la casa. Había un olor ácido, a moho, a col y a sábanas sucias. En el piso de arriba se oía una discusión a gritos. Sam percibía el sonido profundo de la voz de un hombre, lenta y extrañamente paciente, y después una diatriba estridente que duraba mucho tiempo. Podía distinguir una palabra aquí y allá. Al mirar por el pasillo veía una mesa estrecha y oscura con varias letras encima y una lámpara con flecos en la pantalla.

Una anciana demacrada vino por el pasillo hacia él con paso increíblemente lento. Sin abrir la puerta mosquitera, le dijo:

—¿Síí...?

—¿Vive aquí un hombre llamado Cady?

—No, señor.

—¿Max Cady?

—No, señor.

—Pero ¿vivía aquí?

—Sí. Pero ya no. Y no lo volvería a admitir si me lo pidiera. Marvin y yo no queremos saber nada de peleas ni de policías. No queremos saber nada. No, señor. Ni de gente que ha estado en la cárcel. Y allí es donde estaba él. En la cárcel. Bien encerrado. El viernes volvió y se llevó sus cosas. Yo había hecho que Marvin las pusiera en el sótano. No quería pagarme alquiler por aparcar detrás de la casa, pero yo le dije que en un segundo le echaría otra vez a la policía encima, así que me pagó, se subió a su coche y eso es lo último que sé de él.

—¿Dejó alguna dirección donde localizarlo?

—Eso sería una idiotez en un hombre que jamás recibía correo, ¿no le parece?

—¿Ha venido alguien más a preguntar por él?

—Usted es el primero y rezo por que sea el último, porque Marvin y yo no nos encariñamos con gente como esa.

A la mañana siguiente llamó a Dutton. El capitán dijo que vería si alguien podía enterarse de algo sobre Cady.

El viernes no ocurrió nada. El sábado se fue a Suffern, y el domingo visitaron a Nancy y a Jamie. El lunes por la mañana estaba de regreso en su despacho. No le había contado a Carol la historia de Bessie McGowan. No quería que supiese que había entrado en los dominios de Cady, y tampoco quería alarmarla.

El lunes no ocurrió nada. El martes, tampoco.

El miércoles, a las diez de la mañana del último día de julio, le pasaron la llamada del señor Menard. Era el día en que Carol iba a recoger a Jamie por la tarde para llevárselo a Suffern con ella. Era su último día de campamento.

Cuando se dio cuenta de quién estaba llamando, sintió que el corazón se le paraba.

—¿Señor Bowden? Jamie está herido, pero no es nada serio.

—¿Cómo se ha herido?

—Creo que lo mejor es que venga cuanto antes. Él va de camino al hospital de Aldermont, y lo mejor será que vaya directamente allí. Repito, no es nada serio. El comisario Kantz querrá hablar con usted tarde o temprano. He tenido que... darle la información que yo conocía, claro está.

—Salgo ahora mismo. ¿Ha informado a mi mujer?

—Había salido cuando la llamé. Según tengo entendido, está de camino hacia aquí. La enviaré a Aldermont y podemos quedarnos aquí con el pequeño, si ella quiere.

—Dígale que eso me parece una buena idea. ¿Dónde está Nancy?

—Está de camino al hospital con su hermano y con Tommy Kent.

—¿Me puede decir lo que le ha pasado al niño?

—Ha recibido un disparo, señor Bowden.

—¡Un disparo!

—Podría haber sido mucho más grave. Mucho más. Ha sido en la parte interna del brazo izquierdo, unos siete centímetros por encima del codo. Le ha hecho un corte muy feo. Perdió sangre y, como es lógico, el muchacho se asustó.

—Ya me imagino. Iré tan pronto como pueda.

—El joven Kent puede contarle el resto de la historia en el hospital. No conduzca muy deprisa, señor Bowden.

CAPÍTULO NUEVE

Carol llevaba una hora en el hospital cuando llegó Sam a la una y media. Ella y Nancy estaban en la habitación semiprivada con Jamie cuando entró Sam. La besó. Parecía completamente serena, pero él notó un temblor en su boca al besarla. Nancy tenía un aspecto cabizbajo y preocupado. La cara de Jamie estaba lo bastante pálida bajo el bronceado como para adquirir un tinte verdoso contra el blanco de la almohada. Tenía el brazo izquierdo vendado y parecía orgulloso y excitado.

—¿Sabes?, no dije nada cuando me cosieron, y me han puesto seis puntos.

—¿Te duele?

—Un poco, pero no mucho. Jo, qué ganas de contárselo a los chicos de casa. ¡Una bala de verdad! Me dio en el brazo y atravesó el cobertizo que hay al lado del comedor, entró por un lado y salió por el otro, ¡pum!, y cuando la encuentren me han dicho que me la puedo quedar, después de que el comisario termine con ella. Me gustaría ponerla en mi habitación, en una de esas cosas de madera con un cristal.

—¿Quién disparó?

—¿Y yo qué rayos sé? Ese hombre, supongo. El tal Cady. Muchos de los niños ni siquiera oyeron ningún disparo. Yo no lo oí. Me gustaría haberlo oído. Debía de estar muy lejos, eso cree el comisario. En lo alto de Shadow Hill o algo así.

Sam empezó a hacerse una idea.

—Cuéntamelo todo, Jamie. Desde el principio.

El crío pareció incómodo.

—Bueno, metí la pata... Le birlé la espuma de afeitar al señor Menard y se la iba a echar a Davey Johnstone en todos los morros y luego la iba a devolver a su sitio a escondidas. Pero me pillaron. Así que me castigaron a pasarme diez días lavando sartenes, y hoy era el último día. Todo el mundo odia las sartenes. Hay que usar un estropajo de aluminio. A mí me castigaron diez días porque era un poco como robar, aunque en realidad no era robar. Y las sartenes se lavan junto al cobertizo. Allí hay un grifo y, ah, pero esto fue a las nueve y media, y yo estaba fregando las sartenes del desayuno y ya casi casi había terminado.

»Estaba allí de pie, mirando la última, y ¡bang! Pensé que algún bromista se había escondido en el cobertizo y había dado un golpe para asustarme. Y entonces sentí el brazo todo caliente y raro. Miré y vi que me salía un montón de sangre. Grité todo lo que pude y corrí a la cabaña del señor Menard, y otros niños vieron la sangre y empezaron a correr y a gritar también, y me pusieron un torniquete. Y de pronto me empezó a doler un montón. Lloré, pero no mucho. Luego Tommy fue a buscar a Nancy, y vino el comisario, y vinimos todos aquí en el coche del comisario, como a ciento sesenta kilómetros por hora con la sirena sonando. Jo, cómo me gustaría hacer eso otra vez cuando no me duela el brazo.

Sam se volvió hacia Carol.

—¿Qué pasa ahora?

—El doctor Beattie dice que le gustaría que se quedase a pasar la noche aquí, y mañana ya podría viajar. Le han hecho una transfusión de sangre.

—Me va a quedar una cicatriz —dijo Jamie con fervor—. Una cicatriz de bala de verdad. ¿Me dolerá cuando vaya a llover?

—Creo que para eso tienes que tener la bala dentro, hijo.

—De todas formas, no conozco a ningún niño con una cicatriz de bala...

Vino una enfermera sonriente y dijo:

—Es hora de que este veterano herido se tome su pastilla rosa y se eche una larga siesta.

—¿Qué? No necesito ninguna siesta...

—¿Cuándo podemos verlo de nuevo, enfermera? —preguntó Carol.

—A las cinco, señora Bowden.

Fueron hasta las escaleras y bajaron al vestíbulo del hospital. Carol, con el rostro muy pálido, se volvió hacia Sam y le dijo en voz muy baja para que Nancy no la oyera, apenas moviendo sus labios pálidos:

—¿Y ahora qué? ¿Y ahora qué? ¿Cuándo va a matar a uno de nuestros hijos?

—Por favor, cariño.

—Papá, viene el comisario Kantz con Tommy —dijo Nancy.

—Lleva a tu madre a ese sofá y siéntate con ella, Nancy, por favor.

El comisario era un hombre alto y delgado con botas, pantalones de montar beis y una camisa caqui. Todo él tenía aspecto de hombre de campo. Llevaba un cinturón con una pistola y un sombrero de ala ancha en la mano. Le dio la mano con lentitud, con un gesto casi pensativo. Su voz era nasal y tenía un deje cansado.

—Supongo que podemos hablar en esa esquina, señor Bowden. Ven tú también, Tommy.

Acercaron tres sillas y se sentaron.

—Le contaré mi parte, señor Bowden, y después me gustaría hacerle un par de preguntas. En primer lugar, según parece, dispararon desde una distancia de seiscientos cuarenta metros. Y cuesta abajo. Si se cuenta con un buen rifle, una buena mira telescópica y un hombre con experiencia, no es un tiro muy difícil. Si el viento no fuera muy fuerte, yo podría encajar casi todos los tiros de un cargador en un círculo del tamaño de un plato para tartas. Aunque en temporada de caza del ciervo, quizá le diría otra cosa... Su hijo llevaba el brazo cerca del costado. Había un poco de viento del sur racheado. El muchacho estaba mirando hacia el este. Así que parece que una de esas rachas de viento levantó la bala unos centímetros. No querían asustarlo. Intentaron matarlo en serio. Si hubiera apuntado, digamos, seis centímetros más a su derecha, el chico habría muerto antes de tocar el suelo.

Sam tragó saliva con fuerza y dijo:

—No hay necesidad de...

—Estoy hablando de los hechos, señor Bowden. No estoy hablando para asustarle. A su mujer no le hablaría de esta forma. Si le hubieran dado al chico tal como se pretendía, nos habría costado mucho determinar de dónde procedía la bala. Pero falló, e hizo dos agujeros en el cobertizo, y eso nos da una línea de visión. No es directa, debido a que la bala desciende, sobre todo después de atravesar una tabla de dos centímetros de espesor. Pero conduce a la ladera de una colina que los niños llaman Shady Hill. Hay muchas carreteras secundarias que llevan hasta allí, y sé a ciencia cierta que hay muchos lugares desde donde se puede observar el campamento desde arriba. Tengo un ayudante, Ronnie Gideon, al que he dejado trabajando en ello; es un buen chico, conoce bien el bosque y puede seguir un rastro. Averiguará dónde estaba el tirador cuando disparó. No hubo tiempo de bloquear las carreteras porque no sabíamos cómo es la persona que buscamos. Según tengo entendido, usted puede decírnoslo, señor Bowden.

—No puedo demostrar que fue él quien disparó. Tampoco puedo demostrar que envenenó a nuestra perra. Pero sé que Cady hizo ambas cosas. Max Cady. Salió de una prisión federal en septiembre del año pasado, creo. Conduce un sedán Chevy gris de unos ocho años. Puede llamar al capitán Mark Dutton, en New Essex, y él le dirá todo lo que necesita saber sobre él.

—Debe de tenerles a ustedes un odio muy fuerte.

—Gracias a mí lo condenaron a cadena perpetua. Pero lo dejaron salir al cabo de trece años. Violó a una niña australiana de catorce años durante la guerra. En su familia hay malos antecedentes. Es muy cruel y creo que está más que medio perturbado.

—¿Es listo, astuto?

—Sí.

—Examinemos la situación. Supongamos que lo cogen. Para entonces estará a muchos kilómetros de aquí. Ya no llevará el rifle. Negará haber disparado a ningún niño. Dirá que habrá sido una bala perdida. Clamará que está siendo injustamente perseguido. No conozco ninguna manera efectiva de retenerlo con la ley en la mano.

—Pues estupendo.

—Y ahora tiene que pensar cómo piensan los que son como él. Veamos. Planeó esto con mucho cuidado. Tuvo que pasar tiempo explorando el terreno. Por tanto, también tuvo que pensar en qué haría una vez matase al chico. Sabía que usted dirigiría hacia él sus sospechas. Por tanto, podía o bien actuar a cara descubierta, dependiendo de que no hubiese pruebas, o bien tenerlo todo preparado para esconderse. Matar a un niño atrae mucha atención. Alguien podía verlo por esas carreteras secundarias. Así que yo diría que tiene un agujero donde esconderse. Lo tendrá bien aprovisionado y estará en un lugar apartado donde a nadie se le ocurra buscarlo.

—Se ve que es usted muy optimista.

—Estoy intentando ser práctico. Para que usted pueda saber qué esperar. Estoy seguro de que está molesto consigo mismo por haber fallado. Creo que su intención era actuar deprisa y salir de la zona. Puede que intente volver a actuar deprisa. Yo diría que debería usted tener tanto cuidado como le sea posible.

El comisario se puso en pie y sonrió con gesto cansado.

—Me pondré en contacto con la gente de New Essex —dijo— y después enviaré una orden de búsqueda y captura. Creo que lo mejor sería encerrarlos a ustedes.

—No me parece gracioso, comisario.

—Entiendo que esta tarde ya no le quede mucho sentido del humor.

—¿Qué puedo hacer yo, señor Bowden? —le preguntó Tommy.

—¿Podrías ir a...? No, ya voy yo a recoger a Bucky y a traerlo aquí. Quédate con las chicas, Tommy.

—Muy bien, señor Bowden.

—Y gracias. Muchas gracias.

Tardó un poco más de media hora en llegar al campamento con la ranchera. Encontró al comisario Kantz con el señor Menard en la cabaña de la administración. El joven con aspecto estúpido que estaba con ellos fue presentado como el ayudante Ronnie Gideon.

Menard estaba obviamente preocupado.

—No sé qué podríamos haber hecho para evitarlo, señor Bowden.

—De ningún modo le culpo a usted.

—Me resulta muy difícil aceptar que esto ha sido intencionado. El comisario Kantz me asegura que sí lo ha sido...

El comisario estaba arrojando al aire un pequeño objeto y cazándolo al vuelo.

—Esta es la bala. Está muy deformada. Calibre treinta, diría yo. Aquí el señor Menard puso a un montón de niños a buscarla y al final apareció.

—Les estamos diciendo que fue una bala perdida —dijo Menard—. Ya está todo el mundo bastante nervioso. Pero no sé qué dirán los padres cuando reciban cartas explicándoles que una bala perdida ha herido a uno de los niños. Lo siento, señor Bowden, no debería quejarme de mis problemas cuando los suyos son tan graves.

—¿Han encontrado el lugar desde donde se realizó el disparo? —preguntó Sam.

El ayudante del comisario asintió.

—Cornisa rocosa. Posición del tirador, boca abajo. A unos diez metros de la carretera cuesta arriba. Dejó aplastado el musgo de la roca, que aún se estaba enderezando cuando miré. No hay huellas de ningún coche, no hay casquillos vacíos. Encontré una colilla de puro mascada. La apagó sobre la roca. La boquilla estaba aún húmeda.

—Si hubiera matado al chico —dijo el comisario—, la mandaríamos al laboratorio para obtener un tipo sanguíneo a partir de la saliva. Pero en este caso no sé de qué podría servirnos.

—Cady fuma puros.

El comisario le echó una mirada indiferente.

—Espero que tenga permiso para eso que lleva.

—¿Cómo? Ah, por supuesto. Sí, tengo permiso.

—¿Qué piensa hacer ahora?

—De todas formas, íbamos a llevarnos a Jamie del campamento hoy. Creo que voy a ir al de las chicas para coger las cosas de Nancy y avisar de que se va.

—¿Y después se irá a casa?

—No. Voy a dejar a mi mujer y a mis hijos en el lugar donde... se ha estado quedando con el pequeño.

—¿Hay alguna posibilidad de que Cady sepa dónde están?

—No sé cómo podría saberlo.

El comisario frunció los labios.

—Me parece bien. Déjelos allí a todos hasta que lo atrapen. Pero supongamos que no lo atrapan. ¿Cómo sabrán cuándo abandona y se marcha?

—Imagino que no lo sabremos.

—No puede mantener a la familia escondida para siempre.

—Lo sé. Ya lo he pensado. Pero ¿qué otra cosa puedo hacer? ¿Se le ocurre algo?

—La única cosa que se me ocurre no me enorgullece, señor Bowden. Imagine que es un tigre. Lo que hay que hacer es sacarlo de la selva. Para eso, se ata una cabra a una estaca y se esconde uno en un árbol.

Sam se lo quedó mirando.

—Si está usted insinuando que use a mi mujer o a alguno de mis hijos como cebo para...

—Ya le he dicho que no me enorgullece. Se puede prever lo que hará un tigre, o eso dicen, pero no lo que hará un perturbado. Esta vez intentó el método del francotirador. La próxima vez podría intentar otra cosa. Supongo que lo mejor es mantenerlos escondidos. Es lo mejor que puede hacer.

Sam consultó su reloj.

—Me gustaría recoger las cosas de Jamie y llevarme a Bucky, señor Menard.

—He hecho que prepararan su equipaje y lo llevaran al comedor. Bucky está con mi mujer. Voy a por él. Lamento este final tan malo para la estancia de Jamie.

—Yo me alegro de que no fuese peor.

—Esperamos tenerlo de nuevo con nosotros el año que viene.

Sam se despidió del comisario y le dio las gracias. El comisario le aseguró que había muchas posibilidades de que detuvieran a Cady para interrogarlo. Pero sus afirmaciones tenían un deje falso.

Sam estuvo de vuelta en el hospital a las cinco menos cuarto. Nancy se sorprendió mucho al saber que no volvería al campamento y se decepcionó por no poder despedirse, pero pronto lo aceptó como una consecuencia lógica e inevitable.

Asintió despacio y dijo:

—Sí, lo sé. Hay muchas colinas. En cualquier momento yo podría estar fuera, a la luz del día, sin esperármelo y...

Se estremeció.

Sam llamó a Bill Stetch desde un teléfono público que había en el vestíbulo del hospital, le explicó la situación y le dijo que no volvería a la oficina hasta el viernes por la mañana.

Después de visitar otra vez a Jamie y de darle las buenas noches, cenaron en el hotel Aldermont. Sam le dijo a Carol que volviese a Suffern con Nancy y Bucky y que él se quedaría a pasar la noche y llevaría a Jamie al día siguiente, pero cuando percibió su rechazo a separarse de él, fue a la recepción del hotel y reservó dos habitaciones para aquella noche. Tommy Kent insistió en que podía volver en autobús al campamento, pero Sam le dijo que lo llevaría en coche. Nancy quiso acompañarlos, pero Sam le dijo que se quedase con su madre y con Bucky. Estaba preocupado por Carol. Estaba demasiado callada y hundida. Durante la cena había participado en la conversación de manera mecánica. Parecía estar muy lejos de todos ellos.

Mientras conducía el MG hacia el resplandor que quedaba en el oeste tras la puesta de sol, le dijo a su callado pasajero:

—¿Estoy haciendo lo correcto, Tommy?

—¿Disculpe?

—Intenta ponerte en mi pellejo. ¿Qué harías tú?

—Su... supongo que haría lo que está haciendo usted.

—Suena como si tuvieras alguna reserva al respecto.

—No es eso exactamente, pero parece tan..., ya sabe, quedarse esperando en lugar de hacer algo.

—Pasivo.

—Eso es lo que quería decir. Pero no se me ocurre qué otra cosa hacer.

—La sociedad está bien organizada para protegernos a mí y a mi familia de incendios provocados y de revueltas callejeras. Los delincuentes ocasionales se pueden controlar de forma aceptable. Pero esa sociedad no está preparada para lidiar con un hombre que intenta matarnos de forma específica e irracional. Sé que podría ejercer la suficiente presión para que mi familia tuviera vigilancia oficial las veinticuatro horas del día. Pero para Cady sería un placer encontrar la manera de burlar a los guardias. Si la policía se desentendiera, podría contratar guardaespaldas. Pero me temo que vendría a ser lo mismo. Y sería una forma muy artificial de vivir. Y viviríamos en un terror constante, especialmente ahora que ha ocurrido esto.

—¿No podrá él averiguar que están en Suffern?

—No, a no ser que nos siga cuando nos vayamos de Aldermont. Pero no creo que esté ya en esta zona. Creo que siempre está medio paso por delante de mí. Creo que sabía que iba a sacar de inmediato a los niños del campamento. Tengo la intuición de que ha vuelto a los alrededores de Harper. Hay mucho terreno salvaje por allí.

—Desde luego, no me gustaría que le pasara nada a Nancy.

—Suffern ya no me parece tan seguro como antes. Quizá los traslade de nuevo mañana.

—Yo me sentiría mejor si lo hiciera.

Sam examinó durante bastante tiempo un mapa de carreteras antes de que la caravana de dos coches iniciara el trayecto de ciento sesenta kilómetros de Aldermont a Suffern. Jamie estaba de buen humor, y su color había vuelto a la normalidad. Aparentaba la indiferencia levemente condescendiente de un experimentado veterano de guerra. Carol seguía mostrándose apagada e insensible. Sam iba delante en el MG con Nancy, y Carol los seguía con los dos chicos. Tomó una ruta indirecta por carreteras secundarias y, tras detenerse dos veces para asegurarse de que no los seguían, pudo continuar con más tranquilidad. Era una mañana luminosa, y el aire estaba tan claro que se veía con nitidez cada detalle de las lejanas montañas. Las carreteras secundarias cruzaban paisajes muy hermosos. Era el tipo de día que levanta los ánimos. Estaban todos juntos. Sam estaba casi seguro de que detendrían a Cady, y cuando eso ocurriese, quizá habría alguna forma legal de hacerle pruebas para determinar su salud mental. Quizá se podría presionar a Bessie McGowan de alguna manera para que testificase.

Sam miraba a menudo por el espejo retrovisor para ver a qué distancia estaba Carol. En torno a las once, cuando se encontraban a unos sesenta y cinco kilómetros de Suffern, volvió a mirar en el preciso momento en que la ranchera hacía un viraje brusco, se metía en una profunda cuneta y volcaba. Le pareció que todo sucedía a cámara lenta. Pisó a fondo el freno. Nancy miró atrás y gritó. Sam metió la marcha atrás, retrocedió a toda velocidad, salió del MG y corrió hacia el coche. Trepó al lateral y abrió la puerta. Bucky gritaba de miedo. Primero sacó al pequeño, luego a Jamie y por último a Carol. Nancy los iba ayudando a bajar. No había tráfico. Sam los hizo sentarse sobre la espesa hierba en el borde de la cuneta, junto a la valla.

Bucky tenía en la frente un chichón del tamaño de media avellana. La boca de Carol estaba sangrando. Jamie parecía ileso. Pero Carol se había derrumbado por completo. A los niños los alarmó más su histeria que el propio accidente. A Sam le resultó imposible calmarla. Un pequeño camión agrícola vino traqueteando por la carretera. Sam corrió a detenerlo. Lo conducía un pequeño anciano de aspecto amargado. Miraba directamente adelante, con la mandíbula apretada y los labios mascullando algo. Sam tuvo que quitarse de en medio de un salto para que no lo atropellara. Se quedó de pie en la carretera, temblando de rabia, gritando maldiciones al vehículo que se alejaba.

El siguiente coche sí paró. Era un sedán polvoriento. La parte trasera estaba llena de herramientas. Dos hombres vestidos con ropa de trabajo bajaron tranquilamente y se acercaron a ellos. Para entonces, Carol estaba exhausta. Estaba acostada de lado, apretándose el pañuelo de Sam contra la boca.

—¿Alguien está malherido?

—Un labio partido y algunos moratones. No iban deprisa. ¿Dónde puedo conseguir ayuda?

—Vamos de camino al pueblo. Podemos enviar a Charlie Hall con su grúa para que se lleve el coche. Ed, si quieres, puedes esperar aquí y luego volver con Charlie, y yo llevo a la señora y a los niños a casa del doctor Evans.

—A mí me pegaron un tiro ayer —anunció Jamie.

Los dos hombres lo miraron sin entender. Un coche grande y reluciente con una pareja de ancianos aminoró la velocidad y después aceleró.

Sam ayudó a Carol a cruzar la cuneta y a entrar en el sedán. Ella no protestó. Atrás solo había lugar para Bucky junto a las herramientas. Jamie se sentó delante sobre el regazo de Nancy. El conductor entró en el coche y dijo:

—El doctor Evans vive a mano izquierda, en una casita blanca justo al entrar en la ciudad.

Mientras se alejaban, Sam le dijo al hombre llamado Ed:

—Ni siquiera me he acordado de darle las gracias.

—No creo que haya herido sus sentimientos. No puedo enderezar esto. ¿Quién conducía qué coche?

—Mi mujer conducía la ranchera y yo iba delante en el MG con mi hija. Miré atrás justo cuando ocurría.

—Entiendo. Es difícil no tener problemas cuando te falta una rueda delantera.

—¿Una rueda delantera? No me había dado cuenta. Sí, la rueda delantera izquierda...

—Debería estar por aquí... Probablemente se fue rodando al otro lado de la carretera.

La encontraron después de cinco minutos de búsqueda. La llanta cromada brilló al sol y Ed la vio. Tres coches se detuvieron y Ed les hizo señas para que siguieran adelante. Luego se agachó en la zanja y se fijó en los tornillos de la rueda. Tocó uno suavemente con uno de sus gruesos dedos.

—Qué raro.

—¿El qué?

—No hay nada partido. La rosca se ha estropeado un poco... ¿Venís de muy lejos?

—De Aldermont.

—En fin, supongo que ibais solo con tres tuercas y cada una de ellas apretada lo mínimo para coger algo de rosca. Los jóvenes hacen mucho el loco hoy en día. Incluso si las tuercas no hubieran estado lo bastante apretadas, es imposible que se salieran todas. Unos jóvenes locos, diría yo, que les han gastado una broma muy pesada. A ver si podemos encontrar el tapacubos.

La grúa llegó unos minutos después de que Sam encontrara el tapacubos en la cuneta opuesta. Con gran eficiencia, enderezaron el coche y lo sacaron de la cuneta. El lateral derecho de la ranchera estaba abollado y había dos ventanillas rotas. Sam recibió instrucciones acerca de cómo encontrar el garaje de reparaciones, le dio las gracias a Ed y se fue a la casa del doctor. El pequeño pueblo se llamaba Ellendon. El doctor se llamaba Biscoe. Les explicó que se había hecho cargo de la consulta del doctor Evans. Era pequeño, moreno, felino, con un bigote negro y el vestigio de un acento imposible de identificar. Llevaba una impecable bata blanca.

Llevó a Sam a una pequeña sala de exploración, cerró la puerta y le ofreció un cigarrillo.

—Señor Bowden, ¿cree usted que su esposa es una mujer nerviosa, tensa?

—No.

—Pero ¿ha estado sometida últimamente a una gran tensión?

—Sí. Una tensión enorme, la verdad.

—Percibo..., ya sabe..., corrientes subterráneas. La herida de bala del chico... Comprobé que los puntos han aguantado. No es asunto mío, pero, si fuera mi mujer, tomaría medidas para que terminase esa tensión. Cuanto antes. Es como entrar en combate. Ella tiene todas sus reservas comprometidas. Está totalmente metida en la acción. Podría romperse.

—¿Qué quiere decir?

—¿Quién sabe? Una huida de la realidad cuando la realidad es más de lo que está dispuesta a soportar, o se puede permitir soportar...

—Pero ella es una persona muy estable...

Biscoe sonrió.

—Pero no estable necia, no estable estúpida... No. Es inteligente, sensible, imaginativa. Está muerta de miedo, señor Bowden. Le he dado un sedante suave. Que le den en la farmacia el medicamento de esta receta, por favor.

—¿Y la boca?

—El corte no es tan grande como para ponerle un punto. He detenido la hemorragia. La tendrá hinchada unos días. El pequeño está encantado con su chichón. Le gusta mirárselo en el espejo. No tiene otras lesiones.

—Tengo que ir a ver cómo van con el coche. ¿Sería mucha molestia que se quedasen aquí mientras tanto?

—En absoluto. La señorita Walker le dará la factura, señor Bowden. Su mujer está reposando y sus educados hijos están en el jardín admirando mis liebres belgas.

La ranchera estaba en la plataforma mientras la reparaban.

—No hay muchos daños —dijo el gerente de servicio—. Tuvimos que usar una lima con esas roscas desgastadas para colocar de nuevo la rueda. Está muy desalineada, pero no creo que el chasis se haya deformado. Ninguna de las puertas del lado derecho se abre. Hemos reemplazado el aceite que se salió. Arreglar la chapa sería un trabajo largo, claro, pero supongo que querrán volver ya a la carretera.

—Eso es lo que quiero. Pero no creo que mi mujer quiera conducir. ¿Podría guardarme el MG unos días?

—Sin problema.

—¿Cuándo estará listo el coche?

—Calcule unos cuarenta minutos.

—¿Le puedo pagar con un cheque?

—Claro que sí.

Compró el medicamento y volvió a casa del doctor. La enfermera lo llevó a donde reposaba Carol. Las persianas estaban bajadas y ella tenía los ojos cerrados, pero no estaba dormida. Los abrió cuando Sam se acercó a la cama. Tenía salpicaduras de sangre seca en la blusa. Sonrió débilmente y Sam se sentó en el borde de la cama y le cogió la mano.

—Supongo que se me acabó todo el serrín —dijo.

—Ya era hora, ¿no?

—Estoy avergonzada conmigo misma. Pero no fue por volcar con el coche. Supongo que lo sabes. Fue por Jamie. Desde que ocurrió... Un niño pequeño como él... Intentar matarlo con un rifle... Intentar matarlo a tiros, como matar a un pequeño animal...

—Lo sé.

—No podía dejar de pensar en ello. ¿Mi boca tiene un aspecto horrible?

—Horrible —le dijo él, sonriendo.

—¿Sabes?, si miro hacia abajo puedo verme el labio superior. Tiene un corte por dentro. El doctor me ha puesto algo ahí. Es muy amable.

—Te ha dado un calmante.

—Ya lo sé. Le quita el filo a todo. Hace que me sienta como si flotara. ¿Qué tal el coche? ¿Siniestro total?

—Estará listo para viajar en media hora. No va a quedar bonito, pero arrancará.

—¡Eso es maravilloso! Pero... hoy ya no quiero conducir más.

—Voy a dejar el MG guardado aquí e iremos todos en la ranchera.

—De acuerdo, cariño.

—¿Qué pasó?

—Desde el principio me parecía que la dirección no iba bien. Era como si se fuera para un lado. Tenía que controlar el volante sin cesar. Y luego, en las curvas, hacía un sonido extraño, como un crujido en la parte de delante. Después, justo antes de que ocurriese, empeoró. Había una vibración terrible. Iba a frenar y a tocar el claxon para que pararas cuando vi que la rueda salía rodando por delante del coche. Justo al darme cuenta de lo que era, volcamos y algo me golpeó en la boca. ¿Saben qué ha ocurrido?

—Alguien aflojó las tuercas.

Carol levantó la mirada hacia él y después cerró los ojos y le apretó la mano muy fuerte.

—Dios mío —susurró.

—Conoce el coche. Debía de saber que el hospital más cercano estaba en Aldermont. No es difícil averiguar eso. Aldermont no es grande. No creo que tengan vigilante nocturno en el aparcamiento del hotel. Si hubiéramos ido por la carretera principal, con todo el tráfico rápido, habría sido otra historia.

—¿Y cuándo se nos acabará la buena suerte? ¿Cuándo tendremos que esperar hasta que eso pase?

—Lo van a detener.

—Nunca lo van a detener. Tú lo sabes y yo lo sé. Y si lo detienen, lo soltarán como hicieron la última vez.

—Por favor, Carol.

Ella apartó la cara. Su voz sonaba lejana.

—Creo que yo tenía siete años. Mi madre aún estaba viva. Fuimos a una feria. Había un carrusel, y mi padre me subió a un gran caballo blanco. Fue maravilloso al principio. Yo sujetaba la barra de latón y el caballo subía y bajaba. Después me enteré de que mi padre pagó al encargado para que el turno fuese muy muy largo. Al cabo de un rato, las caras de la gente empezaron a volverse borrosas. La música pareció aumentar de volumen. Cuando miraba hacia fuera solo veía franjas de colores. Quería que terminase. Si cerraba los ojos, me parecía que me iba a caer. Nadie podía oírme gritar. Sentía que iba más y más deprisa y que la música sonaba más y más alta, y que yo iba a salir despedida.

—Cariño, por favor.

—Quiero que pare, Sam. Quiero que deje de dar vueltas y vueltas. Quiero dejar de tener miedo.

Lo miraba con una súplica desnuda. Sam nunca en su vida se había sentido tan impotente. Nunca la había amado tanto.

CAPÍTULO DIEZ

Cuando, a media tarde, llegaron a El Viento del Oeste, el hombrecillo vivaracho chasqueó la lengua al ver los daños del coche, el labio hinchado de Carol y el chichón de Bucky. Jamie había recibido órdenes estrictas sobre hablar de su dramática herida. Parecía que iba a explotar por el esfuerzo que hacía para contenerse, pero lo consiguió.

Cuando se asearon, Sam llamó a la oficina de nuevo, le contó a Bill Stetch el incidente y, siguiendo un impulso súbito, añadió:

—Ya sé que esto va a causar problemas con la rutina, pero se trata de un problema personal, Bill, y me gustaría tomarme libre toda la semana que viene.

Hubo un silencio al otro lado de la línea, y después Bill dijo:

—No te has prodigado mucho por aquí últimamente. ¿Sabe Clara lo que tienes programado?

—Sí, tiene toda la agenda. Y ella sabe qué cosas puede cancelar y dejar para más adelante y cuáles puede manejar ella misma. Te puede dar toda la información que necesites. Johnny Karick puede también encargarse de una parte.

—De acuerdo, socio. Espero que puedas arreglar todo tu asunto.

—Lo voy a intentar, Bill. Y gracias.

Después de hacer la llamada, volvió a la habitación de Carol y se sentó ante el pequeño escritorio. Usando papel y lápiz para facilitar su concentración, trató de determinar por un proceso lógico si Cady podía conocer el escondrijo de Suffern. Hizo una breve lista de todas las personas que lo sabían. Interrogó a Jamie y a Nancy, y los dos juraron que no se lo habían dicho a nadie. Solo a Tommy. Y Nancy estaba segura de que Tommy no se lo había contado a nadie. Habló con el gerente y, echando mano de un par de mentirijillas, supo que nadie había estado preguntando por él. Las llamadas las había hecho desde la oficina del hotel, pero él mismo había marcado el número. El correo había llegado directamente a la oficina. Él había echado en persona las cartas que le envió a Carol. La posibilidad de que Cady los hubiera seguido hasta Suffern era remota. Recapituló los tiempos y decidió que era tan remota como para desecharla por completo.

Finalmente decidió que Suffern era un lugar seguro. Con las precauciones adecuadas, seguiría siéndolo. Sabía que no podía actuar de manera eficiente si basaba sus acciones en intuiciones y en alarmas supersticiosas. Tenía que haber un punto de partida. Suffern era un lugar seguro. Por tanto, Suffern era una base adecuada, un lugar desde el que operar.

El viernes, el sábado y el domingo los dedicaron a vegetar. El descanso y el sedante que estaba tomando Carol hicieron que sus nervios se templaran. Nadaron a la luz del sol, bajo una fuerte lluvia y, una vez, a la luz de la luna. Comieron en abundancia y durmieron hasta tarde. Y lentamente, hora a hora, creció una decisión en la mente de Sam. Al principio le resultaba imposible enfrentarse a ella. Pero se fue haciendo más y más fácil. El concepto era tan ajeno a su naturaleza que le repugnaba. Significaba una inversión de todos sus valores, de todo aquello por lo que vivía. Sabía que aquella lucha interior producía cambios en su actitud. Varias veces descubrió a

Carol mirándolo con actitud interrogante. Él sabía que parecía malhumorado y distraído.

El lunes a media mañana, con un calor opresivo, interrumpió el partido de tenis de Carol y se la llevó en uno de los botes amarillos de remos. Hacia el este, el cielo tenía un aspecto cobrizo y siniestro. Un viento húmedo e infrecuente creaba ondas en el agua y después moría en un silencio expectante. Carol iba sentada en la popa con sus pantalones cortos blancos y su top rojo, y pasaba los dedos por la superficie mientras Sam remaba hasta el centro del lago, que tenía un kilómetro y medio de ancho.

Metió en el bote los goteantes remos y aún siguieron deslizándose suavemente hasta que el impulso murió. Sam encendió dos cigarrillos y le pasó uno a ella.

—Gracias. Estás actuando de manera extraña, ¿sabes?

—Ya lo sé.

—¿Y este es el momento de revelarlo todo?

—Sí. Pero, primero, algunas preguntas. ¿Cómo te encuentras?

—Mejor, creo. Podría derrumbarme otra vez si le pusiera un poco de ganas. Desde que me convenciste de que aquí estamos a salvo, y al estar todos juntos, me siento mejor. Pero no estoy eufórica. Dices que estamos a salvo, pero mi camada de tres cachorros está allá lejos, a seiscientos metros a través del agua, y no me siento bien a no ser que los esté viendo y tocando.

—Lo sé.

—¿Y por qué quieres saber cómo me encuentro? Aparte de por una educada curiosidad...

—Hay una cosa que quiero hacer, y no la puedo hacer solo.

—¿A qué te refieres?

—He pensado esto del derecho y del revés. Quiero matar a Cady.

—Pues claro. Yo también, pero...

—No es una forma de hablar. Quiero decir que quiero planearlo, tenderle una trampa, matarlo y deshacerme del cuerpo. Quiero cometer un asesinato, y creo que sé cómo hacerlo.

Carol lo observó durante un tiempo que pareció muy largo. Después apartó la mirada, como con timidez.

—No sería un asesinato, sino una ejecución.

—No tienes por qué ayudarme a racionalizarlo. Es un asesinato. Y pueda que salga mal, pero no si tenemos cuidado. ¿Tienes las agallas suficientes para ayudarme?

—Las tengo. Supondría hacer algo, en lugar de quedarse esperando y mirar a los niños y pensar en cuál de ellos voy a perder primero. Sí, Sam. Puedo ayudarte, y puedes contar conmigo, y no me derrumbaré. Esperar es lo que me destroza. La acción, no.

—Eso estaba pensando. Tu papel es más difícil que el mío.

—Cuéntamelo —dijo Carol.

Estaba inclinada hacia delante, sus ojos oscuros entornados de tan atenta como estaba y el ceño fruncido, sus bronceados brazos cruzados sobre las rodillas. Sam la miró y pensó en las piernas tan estupendas que tenía, y que toda ella era compacta y vibrante. Las ráfagas de viento habían hecho que la barca girase, el cobre distante estaba más alto en el cielo, y el agua a espaldas de Carol se veía muy oscura. El agua oscura y el cielo hacían que resaltasen las casas blancas al fondo del lago.

Para él fue un momento de extraña importancia, de drástica irrealidad. «Estos no pueden ser Sam y Carol, marido y mujer», pensaba. Había creído que conocía a aquella mujer y que se conocía a sí mismo. Pero aquel era un momento de cambio. Había una tensión y una excitación nuevas entre ellos, y también algo insalubre, un matiz de podredumbre.

—Cuéntamelo, Sam.

—Me tienes que ayudar a planearlo. Yo solo tengo... una idea general. Comenzó con algo que dijo el comisario de policía. No he pensado en todos los detalles. Dejamos a los niños aquí. Nance puede hacerse cargo.

—¿Y qué les decimos?

—Desde luego, no les diremos lo que vamos a hacer. Ya pensaremos algo. Alguna mentira plausible. Entonces tú y yo nos vamos a casa. Tenemos que apostar a que él irá allí. Haremos ver que estás sola. Pero no podemos arriesgarnos a darle la misma oportunidad que tuvo con Jamie. He estado pensando en la distribución de la casa. Si te colocaras en el jardín lateral o en la parte trasera de la casa, le daríamos esa oportunidad. O si se te pudiera ver bien en cualquiera de las ventanas de la parte de atrás por la noche...

—Ya. ¿Y tú dónde estarás?

—Yo debería estar escondido en algún lugar de la casa. Esperando.

—¿No sabrá que es una trampa? ¿No lo presentirá?

—Quizá. Pero tenemos que hacer que no lo parezca. Son los detalles lo que me falta por determinar.

Carol se mordió la uña del pulgar.

—¿Y si te pusieras en la parte de arriba del establo?

—Demasiado lejos. Tengo que estar en la casa contigo.

—Si hubiera algún tipo de sistema de señales, entonces no estarías tan lejos. ¿No pusieron Nancy y Sandra una especie de timbre hace un par de años?

—Sí, me hicieron instalar el cable. Sé que aún está en su sitio.

—Yo podría dormir en la habitación de Nancy. Tú podrías hacer que el timbre volviera a funcionar.

—Pero ¿por qué en el sitio de los niños en el establo?

—Estoy pensando en cómo hacer que sea creíble. Te podrías llevar el MG y entonces yo me iría en la ranchera como si me fuera a hacer la compra. Entonces podría recogerte en alguna parte y tú irías agachado en la parte de atrás y, al volver a casa, metería el coche directamente en el establo y entraría en la casa con las bolsas de la compra. Y podríamos comprar comida para que la tengas en la parte de arriba del establo. Es decir, esa sería una forma de que volvieses sin que él lo supiera.

—Pero ¿y si no ve que me voy?

—De todas formas, uno de los coches no estaría, y de cualquier otro modo vería que has vuelto.

—Podría esperar a que anocheciera y entrar a escondidas en la casa.

—Si tiene que parecer que estoy sola allí, lo mejor es que esté sola de verdad. Y si él está vigilando, cuando esté seguro de que nadie está conmigo, vendrá a por mí.

—Debemos estar seguros de que podemos enfrentarnos a él.

—Yo tendré el Woodsman y tú llevarás el revólver nuevo. Hay muchas cosas que puedo hacer para asegurarme de estar a salvo de él el tiempo suficiente. Como, por ejemplo, atar ollas y sartenes en las escaleras para que hagan ruido.

—¿Puedes enfrentarte a esto, Carol? ¿Puedes?

—Estoy segura de que puedo.

—Entonces hay otro asunto. Suponte que... tenemos éxito. ¿Qué hacemos después?

—¿No estaría Cady allanando una morada? Es decir, ¿es que no se puede disparar a un merodeador? Y la policía tiene constancia de él, ¿no es así? Y es un criminal. ¿No podríamos simplemente llamar a la policía?

—Su... supongo que sí. Supongo que no habría problema. Yo había pensado en las obras de la carretera. Están echando mucho hormigón...

—Pero en ese caso hay muchas cosas que podrían salir mal, y todo se nos complicaría, ¿no te parece?

—Tienes razón, por supuesto. No estoy pensando con claridad.

—Podemos hacerlo, cariño. Tenemos que hacerlo.

—Y no podemos ser descuidados. Tenemos que mantenernos fríos como el hielo.

—¿Y si no ocurre nada?

—Algo ocurrirá. No puede permitirse esperar mucho más tiempo. Quiere atacar y acabar con el asunto. ¿Salimos mañana por la mañana?

—Hoy, cariño. Por favor. Vámonos hoy y empecemos con ello para terminar cuanto antes. Y ahora rema hasta la orilla, te lo ruego.

Se fueron después de comer. De camino a Ellendon para recoger el MG hablaron de si Nancy se había creído del todo la mentira que le habían contado. Avanzaban despacio bajo una lluvia fuerte y constante, con viento que había arrojado ramas de árboles a la carretera. Nancy se había mostrado muy seria y reflexiva acerca de su responsabilidad hacia sus hermanos pequeños, y había intentado decirles que no le parecía muy inteligente volver para pedir a la policía que se esforzara más en capturar a Cady. Le parecía poco prudente quedarse en casa. Dijo que debían alojarse en un hotel de New Essex y que no le parecía bien que se fueran, pero que si eso era lo que querían, desde luego cuidaría de Jamie y de Bucky y no dejaría que se metieran en problemas.

Llegaron poco después de las cinco, dejaron los dos coches en el establo y entraron deprisa en la casa con el equipaje. La lluvia había parado y los árboles goteaban. Cuando cruzaban el jardín, Sam se dio cuenta de que corría con los hombros encogidos y tratando de ponerse entre Carol y la colina que se alzaba detrás del edificio. Sintió alivio cuando llegaron a la seguridad relativa del porche delantero. Sentía que era absurdo imaginar que Cady estaba allí tumbado sobre la tierra mojada de la colina, la mejilla contra la culata, el dedo en el gatillo, siguiéndolos con la mira telescópica. Era imposible que estuviera tan preparado. Por otro lado, era absurdo suponer que no lo estaba y actuar como si no lo estuviera.

Antes de que oscureciera, Sam se asomó a la ventana del desván que daba a la parte trasera de la casa y examinó la ladera de la colina con los prismáticos. Deseó que el bosque no fuera tan denso en ese punto, que no hubiera tantas rocas grises grandes, tantos árboles caídos.

Recorrieron juntos la casa antes de que anocheciera, tratando de determinar qué zonas eran seguras. Decidieron que no era prudente usar la cocina por la noche. Carol podría usar el estudio y la habitación de Nancy. Cuando se hizo de noche, Sam se arriesgó a salir para asegurarse de que desde fuera no podía verse ninguna de esas dos habitaciones iluminadas. Rodeó la casa con el revólver en la mano, moviéndose con cautela, deteniéndose allí donde las sombras nocturnas eran más negras para aguzar el oído.

Cuando volvió a entrar se dio cuenta de que había pasado demasiado tiempo fuera. Carol lo abrazó con fuerza y él pudo sentir que el cuerpo de su mujer temblaba. Cerró la casa con mucho cuidado, comprobando cada puerta y cada ventana. Durmieron en su propia habitación. Carol se acostó con él en su cama, Sam la rodeó con sus brazos y dejó el arma bajo la almohada. La puerta del dormitorio estaba cerrada con pestillo y una trampa digna de Rube Goldberg hecha de cuerdas y cacerolas bloqueaba ambas escaleras.

El martes 6 de agosto fue un día dorado. Después de desayunar, Sam comprobó que el sistema del timbre aún funcionaba y Carol se fue con él cuando cogió el coche para ir a por pilas. Antes de salir, comprobó detenidamente la ranchera.

Cuando tenían que pasar entre la casa y el establo se movían muy deprisa. Y, cada vez que lo hacían, Sam miraba hacia la colina. Estaba más y más convencido de que Cady estaba allí arriba. Cady no debía de sorprenderse de verlos correr.

Cuando se cercioraron de que el timbre volvía a funcionar, establecieron el sistema de señales. Durante las horas de vigilia, Carol pulsaría el botón del telégrafo de juguete tres veces seguidas cada hora en punto, y Sam devolvería la misma señal. Ella saldría de la habitación de Nancy solo cuando fuera absolutamente necesario, y pasaría el mínimo tiempo fuera. Era evidente que Cady no podría entrar en la casa sin que ella lo oyera. En cuanto detectara el menor ruido sospechoso, debía pulsar el botón en una sola señal larga.

No había ninguna agradable excitación. Aquello no tenía el sabor de un juego. No había bromas nerviosas. La tensión era sombría y poderosa. No se decían el uno al otro más que lo necesario, y ambos evitaban mirarse a los ojos. Era como si se hubieran embarcado en un proyecto que los avergonzara.

—Creo que estamos tan preparados como lo podemos estar —dijo Sam.

—Después de que te vayas, ¿cuánto tengo que esperar para irme?

—Esta es la parte que menos me gusta. No debería ser demasiado pronto. Pero no quiero dejarte sola más tiempo del necesario...

—Estaré bien. Es un riesgo que tenemos que correr. Son las once en punto. ¿A las doce?

—De acuerdo.

Sam la miró y se preguntó cómo se encontraría. Ella le tocó el brazo.

—No lo paso tan mal durante el día, de verdad. Tendré cuidado, y estaré bien.

Le dio un beso rápido y notó sus labios fríos, secos e impasibles. Esperó en el porche hasta que la oyó cerrar con llave. Sacó el MG del establo dando marcha atrás, le dio la vuelta y puso dirección hacia el pueblo. Dejó el coche en el taller de Barlow para que le hiciera una revisión completa del motor.

Desde allí fue caminando hasta el supermercado, que estaba en el otro extremo del pueblo. Compró una buena linterna y la comida que creía que iba a necesitar. A medida que se acercaba el mediodía, sentía crecer la tensión. A las doce en punto sonó la sirena del pueblo. Una helada gota de sudor descendió por sus costillas. A las doce y cinco, justo cuando estaba a punto de ponerse histérico, la vio entrar por la puerta, buscarlo con la mirada y venir directamente hacia él.

—Bettie Hennis —le dijo en voz baja—. Tuve que ser grosera para librarme de ella. ¿Tienes todo lo que necesitas? Déjame ver.

Carol escogió algunas cosas más para él.

—Creo que deberíamos matar un poco de tiempo, cariño —dijo—. Si he ido a hacer la compra, no debería volver muy pronto. Y tú deberías comprar algo para leer.

Sam no sabía en qué momento se había vuelto en contra del cuidadoso plan que habían trazado. Había pensado que podía hacerlo. Había pensado que podían enfrentarse a Cady. Pero había tanto en juego, había tantas cosas que podían salir mal... Y toda la estrategia pensada no tenía nada que ver con el carácter de ambos. Tenía la sensación de que, si salían bien librados, el mundo se convertiría en una jungla de la que ya no podrían escapar.

—Deja que conduzca yo —dijo mientras caminaban hacia la ranchera.

—¿Cómo? ¿Qué vas a hacer?

—Voy a la ciudad. Vamos a la ciudad. Quiero probar de nuevo con el capitán Dutton.

Carol habló con voz temblorosa:

—Él no ha hecho nada. Y no lo va a hacer. No servirá de nada. Hagámoslo a nuestra manera.

—Tengo que intentarlo una última vez —dijo Sam con una sonrisa amarga y triste—. Atribuyámoslo a mi intensa devoción por la ley y el orden.

—No hará nada, y nos impedirá seguir con lo que queremos hacer.

—No te pongas a llorar.

—Pero nos hace retroceder a donde estábamos. Esperar y esperar y tener miedo cada instante.

El capitán Dutton no estaba en la comisaría, y tuvieron que esperar cuarenta minutos a que volviera. La sala de espera estaba vacía y era deprimente. La gente que pasaba les echaba miradas rápidas, breves, carentes de interés o curiosidad. Carol se quedó sentada con el rostro inexpresivo y marcado por la desesperanza.

Finalmente, vino un empleado y los acompañó al despacho de Dutton.

CAPÍTULO ONCE

Dutton los recibió con aburrida cortesía. Se sentaron en dos sillas junto a su mesa de escritorio.

—¿Se ha enterado de... del incidente que tuvimos en...?

—Nos llegó un informe y una solicitud de información por parte del comisario Kantz. Hay una orden de busca y captura de Cady. A no ser que se marche de esta zona, no andará libre por mucho tiempo. ¿Cómo está el chico?

—Está bien. Tuvimos suerte.

—¿Cuánto tiempo podremos contar con nuestra suerte? —dijo Carol en tono inexpresivo.

Dutton la miró como para evaluarla.

—¿Están sus hijos en un lugar seguro?

—Creemos que sí —dijo Sam—. Pero en un asunto como este no hay garantías. Ese hombre está loco.

Dutton asintió.

—A juzgar por lo que ha ocurrido, y suponiendo que él fuera el francotirador, yo diría que esa es una estimación justa, señor Bowden.

Después Dutton escuchó con expresión impasible mientras Sam le hablaba de las tuercas aflojadas.

—Lo único que puedo decirles es que espero que lo atrapemos pronto. No sé qué otras garantías puedo darles. Le he dado a este asunto la máxima prioridad posible. Si pudieran ustedes... ir con cuidado hasta que nosotros...

—Usted quiere que nos escondamos —lo interrumpió Carol.

—Esa es una forma de decirlo, señora Bowden.

—Usted quiere que nos escondamos y que esperemos, y después, cuando a él lo busquen por asesinato, entonces le dará al asunto una prioridad extra.

—Vamos a ver, señora Bowden. Ya le he explicado a su marido...

Carol se puso en pie.

—Demasiadas explicaciones. Yo no quería venir aquí. Y lamento haber venido. Sabía que sería usted amable y racional, capitán Dutton. Sabía que nos daría unas palmaditas en la cabeza y se despediría de nosotros embargado por algún tipo de triste confianza en que podrán ustedes arreglar este asunto.

—Vamos a ver...

—Estoy hablando yo, capitán Dutton. Estoy hablándole a usted y quiero que me escuche. Habíamos pensado en tenderle una trampa a ese... animal. Yo iba a hacer de cebo. Y contábamos con el arma que usted le permitió llevar a mi marido. Me asombra que llegara usted al extremo de permitirle llevar un arma. Y cuando todo estaba preparado, él sintió que tenía que venir aquí y verlo a usted de nuevo. Y yo sabía que sería lo mismo que antes.

—Carol...

—Cállate, Sam. El mundo está lleno de hombrecillos llenos de falsa importancia y de mezquina autoridad y que no poseen ni una pizca de imaginación o de bondad. De modo que rellene todos sus pequeños y ordenados formularios sobre prioridades, capitán, que nosotros nos vamos a casa a intentar hacerlo a nuestra manera. A menos, claro está, que pueda usted citarnos alguna ley que nos impida al menos intentarlo.

Mis hijos están amenazados, capitán, y si puedo matar a Cady, lo mataré con mucho gusto, con un arma, con un cuchillo o con un garrote. Vámonos, Sam.

—Siéntese, señora Bowden.

—No veo por qué...

—¡Siéntese!

Por primera vez sonaba el tono de la autoridad en su voz. Carol se sentó. Dutton se volvió hacia Sam.

—¿De qué manera pensaban tenderle una trampa a Cady?

—Hay muchos supuestos. Que yo pueda ir a la casa oculto en la ranchera y esconderme en la habitación de los niños en el establo. Que él esté vigilando la casa. Que funcione nuestro sistema de señales. Que Cady crea que Carol está sola y decida ir a por ella. Que yo pueda dispararle y acertar.

Dutton miró a Carol.

—¿Creen ustedes que está vigilando su casa?

—Creo que sí. Sí —dijo Carol—. Quizá son solo los nervios. Pero creo que sí. Estamos bastante aislados en esa casa.

—Esperen aquí, por favor —dijo Dutton, y salió rápidamente del despacho.

—Lo siento, cariño —dijo Carol.

Le temblaba la boca.

—Has estado casi magnífica.

—He hecho el ridículo. Pero me puso tan furiosa...

—Eres una leona.

—No. Soy noventa por ciento una conejita.

Dutton tardó más de quince minutos en regresar. Cuando volvió a entrar en el despacho, venía con un joven moreno de veintitantos años, bajito y fornido, con suaves ojos azules, un labio superior que intentaba ocultar unos dientes de conejo y pelo castaño que necesitaba un corte. Llevaba una camisa blanca, pantalones azul oscuro y un lápiz amarillo detrás de la oreja.

Le faltó poco para quedarse en posición de firmes mientras Dutton se sentaba tras el escritorio.

—Este es el cabo Kersek. Es inquieto, está soltero, es un tirador de pistola consumado y se aburre en su puesto actual en comunicaciones. Andy, estos son el señor y la señora Bowden. La policía del condado y la del estado han aprobado esta misión. Andy fue soldado en Corea. Se lo puedo asignar durante tres días, señor Bowden. Entiende la situación en general. Explíquele su plan en detalle y acepte sus recomendaciones de hacer cualquier cambio. Les deseo buena suerte. Y, señor Bowden...

—¿Sí?

Dutton sonrió levemente.

—Tiene usted una esposa extremadamente efectiva. Y, además, muy guapa.

Carol se sonrojó, sonrió y dijo:

—Gracias, capitán Dutton.

Hablaron con Kersek en una pequeña habitación donde apenas cabían seis sillas, una mesa y un radiador. Sam explicó el plan original y dibujó un boceto de la casa, del establo y del terreno en un bloc de papel amarillo. Andy Kersek se mostró tímido y avergonzado al principio, pero a medida que empezaba a mostrarse interesado en el problema, se volvió más comunicativo.

—¿A qué distancia está la casa del establo, señor Bowden?

—A unos treinta metros.

—Creo que lo mejor será que yo esté en el sótano. Puedo bajar cuando se haga de noche. Usted podría dejar abierta una ventana del sótano, señora Bowden.

—Es un sótano bastante húmedo.

—No hay problema.

A Sam le gustó que Kersek no se cuestionase en absoluto que Cady intentaría atacarlos. Hacía que todo el plan tuviera un aire más formal y oficial.

Después de que recogiese el equipo que le iba a hacer falta, lo llevaron en coche a la pensión donde vivía y se puso unos viejos pantalones oscuros, una camisa oscura y zapatillas deportivas.

Antes de que llegaran al pueblo, Sam y Kersek se tumbaron en la parte de atrás de la ranchera y se echaron por encima una manta polvorienta. Sam conocía todas las curvas de la carretera. Sintió la inclinación de la colina y supo que pronto Carol tendría que disminuir la velocidad para meterse en el camino de entrada. Cuando el coche entró en el establo, se filtró menos luz a través de la manta y el sonido del motor se volvió más fuerte. Carol apagó el motor, abrió la puerta trasera y sacó la bolsa del supermercado para llevarla a la casa.

—Ve con cuidado —dijo Sam en voz baja.

Ella asintió con los labios apretados. Sam y Kersek salieron del coche, y él, bien alejado de la ventana polvorienta, la vio correr sobre la hierba hacia la casa, bajo la luz del atardecer, moviéndose con aquella elegancia que tan familiar y querida le resultaba. La vio abrir la puerta, entrar y cerrarla. Se volvió y vio que Kersek estaba tenso y expectante.

—¿Qué ocurre?

—Él podría estar dentro esperando. Ella tendrá solo una oportunidad de gritar.

Sam se maldijo a sí mismo por no haber pensado en eso. Se quedaron en el intenso silencio del establo, escuchando. El motor de refrigeración de la ranchera producía pequeños chasquidos. De pronto sonó el timbre en la habitación de arriba en tres ráfagas cortas y rápidas, sobresaltándolos a los dos.

—Todo bien —dijo Sam, agradecido.

Subió rápidamente por la escalerilla y devolvió la señal. Eran justo las cuatro de la tarde. Kersek lo ayudó a llevar sus cosas arriba y a organizarse. Luego dejó sus provisiones al pie de la escalerilla. Se sentaron arriba, en el viejo camastro del ejército, rodeados de juguetes rotos, proyectos inacabados y cientos de fotos recortadas de revistas y pegadas en las rústicas paredes. Hablaban en voz baja. Sam le contó la historia completa de Max Cady.

La única ventana de la habitación, cubierta de telarañas, daba a la casa y, desde donde estaba sentado, Sam podía observar a lo largo de los delgados cables que se curvaban hacia abajo y volvían a ascender para entrar en la casa a través de un agujero en el marco de la ventana de Nancy. Veía una parte de la colina de detrás de la casa, pero no intentó ver más porque no quería acercarse demasiado a la ventana.

Carol enviaba su rápida señal cada hora en punto. Cuando los dos hombres hubieron agotado el tema de Cady, Kersek habló de Corea, de cómo había sido aquello, de cómo le habían herido y de qué sintió. Los dos leyeron un rato; Kersek tomó al azar algunos cómics de la gran pila polvorienta que había en un rincón. Al final se hizo demasiado oscuro para leer y para fumar.

Carol envió señales a las nueve y a las diez, y el cabo amortiguó el timbre, pues temía que el sonido pudiera llegar lejos en el silencio de la noche.

—Es hora de moverse —dijo Kersek.

De nuevo parecía tímido. Extendió la mano y Sam se la estrechó.

—No quiero que le pase nada a mi mujer —dijo Sam.

—No le va a pasar nada.

Había tranquilidad y confianza en su voz.

Sam bajó a tientas la escalerilla tras él. Kersek se hundió en la noche. No hacía ningún ruido. Sam forzó la vista para verlo, pero era imposible. Kersek se había pintado la cara de negro, sus ropas eran oscuras y se movía con la facilidad y la elegancia de un hombre entrenado.

La tenue luz que se veía en la ventana de Nancy se apagó a las diez y media. Sam intentó dormir, pero no podía. Se quedó escuchando los sonidos de la larga noche de verano, el coro de los insectos, de los perros a lo lejos y de los escasos coches que pasaban por la carretera, el sonido amortiguado de algunos camiones y el largo aullido metálico de una locomotora diésel en los valles lejanos.

Se despertó con la primera luz del día y alejó el camastro de la ventana. No hubo señal a las seis, y resistió la tentación de pulsar él mismo el botón. Los minutos pasaban lentamente. La hora entre las seis y las siete le pareció un poco más larga que la eternidad. Tampoco hubo señal a las siete. La casa estaba en silencio y parecía muerta. ¿Los habían asesinado mientras él dormía? A las siete menos cinco no pudo aguantar más e inició la señal. Veinte segundos después, cuando estaba ya alargando la mano hacia la llave con la boca seca y el corazón palpitando, sonó la señal. Respiró profundamente y de inmediato se arrepintió de haberla llamado. Carol necesitaba dormir.

Comió. La larga mañana fue pasando. Un vendedor a domicilio aparcó frente a la casa, fue hasta la puerta y esperó varios minutos hasta que se dio por vencido y se marchó. Un gato blanco y pardo acechó a un pájaro en el jardín, con la cola moviéndose ligeramente, las orejas hacia delante, el cuerpo agazapado. Saltó, pero falló y se quedó unos instantes mirando a lo alto del olmo; después se sentó, se acicaló con cuidado y se fue caminando tranquilamente mientras los pájaros lo reñían.

A mediodía, su preocupación por los niños se había vuelto intensa. Si Cady hubiera averiguado de algún modo... Pero Carol había prometido llamarlos dos veces al día, y si hubiera pasado algo, habría venido corriendo al establo.

Era incapaz de recordar un día tan largo. Miró cómo las sombras cambiaban y se alargaban. A las seis, el sol se ocultó detrás de unas nubes grisáceas en el oeste, detrás de la casa, y la noche llegó antes que de costumbre. Carol envió la última señal a las diez y poco después apagó la luz.

... neblinosa visión en el sueño profundo, interrumpida por la alarma del despertador. Y entonces buscó con la mano el despertador que no estaba allí, y de pronto se incorporó en la completa oscuridad, sus reacciones tan borrosas por el sueño profundo que durante unos largos y preciosos segundos no supo ni dónde estaba ni por qué el corazón le latía tan fuerte.

Cuando comprendió la estridente realidad, saltó del camastro y trató de agarrar la linterna y el arma. Su cuerpo estaba torpe por el sueño, y en lugar de coger la linterna, la apartó de sí de un manotazo y después la encontró en la oscuridad. Descendió apresuradamente por la trampilla y tanteó los peldaños de la escalerilla con los pies. No había previsto lo difícil que sería bajarla en completa oscuridad cargado con el arma y la linterna.

Su pie resbaló, y cuando trató de recuperar el apoyo, le resbaló una mano. Cayó y aterrizó con todo su peso sobre el pie derecho. Era una caída de dos metros y medio. Sintió como si le hubiera estallado una bengala blanca dentro del tobillo. Se desplomó pesadamente, debilitado por el dolor, y rodó en la oscuridad hasta una de las ruedas del coche, con las manos vacías y el sentido de la orientación completamente trastornado. Se puso a cuatro patas, gruñendo de dolor, y se dio cuenta de que el largo grito de alarma del timbre había parado. Comenzó a tantear en la oscuridad, barriendo el suelo ante él con las manos, buscando el arma y la linterna.

Tocó la redondez de la linterna, la cogió y apretó el botón, pero no se encendía. Oyó un grito de absoluto y espantoso terror, un grito que le pareció que arrancaba una larga y rasgada tira de su corazón, y después el apagado y frágil sonido del Woodsman disparando dos tiros.

Estaba sollozando de miedo, frustración y dolor. Palpó la culata del revólver, lo aferró y trató de levantarse. Al poner peso en el tobillo se cayó de nuevo, así que fue arrastrándose hasta la pared y se apoyó en ella para incorporarse. Justo entonces oyó el segundo grito temblando en el aire nocturno, como un alambre de plata tensado hasta un punto insoportable y que, de pronto, se rompe, convirtiéndose en un silencio peor aún.

Sin saber muy bien cómo, encontró fuerzas para caminar y después fuerzas para correr torpemente. La noche era completamente negra. Una llovizna muy fina le daba en la cara. Sentía como si intentase correr con el agua hasta el pecho. Su pie derecho oscilaba inútilmente, y cada vez que lo apoyaba era como hundirlo hasta el tobillo en brasas al rojo vivo.

Se cayó en los escalones de la entrada, luchó por levantarse, encontró la puerta y comprendió con desesperación que estaba cerrada, que él no tenía la llave y que tardaría una eternidad en rodear la casa y encontrar el lugar por el que había entrado Cady. Otra cosa más en la que no habían pensado. Otro trágico descuido. Pero ¿dónde estaba Kersek?

Justo en ese momento oyó un sonido que debía de proceder de la garganta de un hombre, aunque no se parecía a ningún sonido humano que hubiese oído en su vida. Era un rugido, un bramido lleno de ira, de locura y de bestial frenesí. Y se oyó el estallido grave y resonante de un arma más pesada que el Woodsman, un sonido que hizo que temblaran las ventanas. Primero hubo un enorme estrépito metálico y luego uno sordo de algo que corría o caía escaleras abajo, llevándose consigo el sistema de alarma de Carol de ollas, sartenes y cuerda. Y luego una sacudida que estremeció la casa.

Antes de que pudiera moverse, la puerta principal, que estaba cerrada con llave, se abrió de golpe y una figura entrevista, ancha y dura y corpulenta e increíblemente rápida se lanzó al exterior, chocó contra Sam y lo arrojó hacia atrás. Sam tuvo la mareante sensación de estar flotando mientras volaba por el aire sobre los escalones y después aterrizaba sobre su espalda en la hierba mojada con una gran sacudida que lo dejó sin aire en los pulmones. Había logrado mantener el revólver aferrado en la mano. Se incorporó sobre las rodillas, tratando de respirar, y mientras oía el golpeteo de pies corriendo sobre la hierba, vio algo que se apresuraba hacia la esquina de la casa. Abrió fuego tres veces, disparando al azar, sin apuntar. Se levantó y fue tambaleándose hasta la esquina de la casa. Aún estaba tratando de aspirar algo de aire a sollozos, pero logró contener la respiración y escuchar. Oyó algo que se movía con frenética velocidad, aplastando la maleza de la ladera tras la casa. Disparó dos veces hacia el sonido y escuchó de nuevo. Oyó cómo el sonido se alejaba, se hacía más débil y desaparecía.

Cuando se dio la vuelta, su tobillo se dobló de nuevo y cayó contra la pared de la casa, golpeándose la cabeza. Subió gateando los escalones de la entrada y entró por la puerta, encontró el interruptor de la luz y lo pulsó.

Oía algo parecido a débiles maullidos, un sonido desesperado de miedo, dolor y desconsuelo tan similar al inolvidable sonido que escuchó años atrás en un callejón de Melbourne, que le pareció que se le iba a parar el corazón.

El sonido continuó mientras subía las escaleras gateando. A mitad de camino, tiró el revólver vacío a un lado. Al llegar al rellano, encendió la luz. Kersek estaba tumbado frente a la habitación de Nancy. La puerta estaba abierta y la habitación, a oscuras. El gemido interminable provenía del interior. Kersek bloqueaba la entrada. Su arma se encontraba a un metro y medio de él. Sam tuvo que pasar a gatas sobre su cuerpo. Trató de no hacerle daño, pero Kersek lanzó un gemido. Encendió la luz de la habitación. La mesilla de noche estaba volcada; la lámpara, rota. Carol estaba metida a medias bajo la cama, acurrucada en posición fetal. Llevaba los pantalones del pijama, pero la camisa se la habían arrancado y le colgaba solo de una manga. Tenía en la espalda dos profundos arañazos sangrantes. Emitía aquel interminable sonido entrecortado con cada respiración mientras Sam se arrastraba hacia ella. Cuando trató de sacarla de debajo de la cama, ella se resistió. Tenía los ojos fuertemente cerrados.

—¡Carol! —dijo rápidamente—. ¡Carol, cariño!

El sonido continuó unos instantes y después se detuvo. Carol abrió los ojos con cautela y, cuando se dio la vuelta, Sam vio el hematoma purpúreo que le cubría el lado izquierdo de la cara.

—¿Dónde estabas? —susurró ella—. Dios mío, ¿dónde estabas?

—¿Te encuentras bien?

Carol salió con dificultad de debajo de la cama. Se incorporó y se tapó la cara con las dos manos.

—¿Se ha ido?

—Sí, cariño, se ha ido.

—¡Oh, Dios mío!

—¿Te encuentras bien? ¿Te... ha hecho daño?

—Era como un animal... —dijo ella de manera entrecortada—. Y también olía como un animal... No oí nada. Tan solo como si algo rascase al otro lado de la puerta. Entonces encontré el timbre y lo pulsé mucho tiempo, y tenía la pistola, y entonces él atravesó corriendo la puerta como si fuera de papel, y entonces disparé y grité y traté de luchar. Y él me pegó...

—¿Te... ha hecho algo?

Ella frunció el ceño, como si tratara de concentrarse.

—Ah, ya sé a qué te refieres. No. Iba a hacerlo... Pero entonces... llegó Andy.

Intentó mirar por encima del hombro de Sam.

—¿Dónde está Andy? —preguntó.

—Ponte la bata, cariño.

Carol pareció hacer un gran esfuerzo por recomponerse.

—Me derrumbé. Nunca he estado tan aterrorizada. Lo siento. Pero ¿dónde estabas tú? ¿Por qué no viniste?

—Me caí —dijo, y, dándose la vuelta, gateó de vuelta al rellano.

Kersek respiraba con dificultad. La sangre le corría por la comisura de los labios. La empuñadura de cuero de un cuchillo de caza sobresalía de manera grotesca de su costado, justo debajo de la axila derecha. Tenía la nariz completamente aplastada.

Sam gateó hasta su dormitorio, se aupó a la cama, descolgó el teléfono de la mesilla de noche y marcó el número de la operadora.

—Sam Bowden —dijo—, Milton Hill Road. Que venga un médico y la policía. Es una emergencia. Dígales que se den prisa, por favor. Y una ambulancia.

Cinco minutos más tarde oyó cómo el aullido de la primera sirena subía por la carretera a través de la húmeda noche.

CAPÍTULO DOCE

El doctor Allisson, después de aplicarle los primeros auxilios a Kersek y de que se lo llevaran en la ambulancia, curó los profundos arañazos de la espalda de Carol. En cuanto estuvo acostada en su propia cama, le puso una inyección de Demerol que le indujo un sueño profundo en treinta segundos.

Tras determinar que el tobillo de Sam había sufrido una severa luxación pero no estaba roto, le inyectó un anestésico local y le puso un vendaje muy apretado.

—Trate de apoyarse en él.

—¡No me duele en absoluto! —dijo Sam, asombrado.

—Trate de no apoyarlo demasiado, pero vaya probando. Menuda noche que han tenido por aquí...

—¿Cómo está el agente Kersek?

Allisson se encogió de hombros.

—Difícil saberlo. Es joven y está en buena forma. Ha sufrido una conmoción. Todo depende ahora de lo larga que sea la hoja del cuchillo. Es mejor extraerlo en la mesa de operaciones. Tengo que irme. Esos policías del estado están ansiosos de hablar con usted.

Cuando bajó las escaleras, tratando de no apoyarse mucho en el tobillo insensible, vio que el capitán Dutton había llegado. Estaba hablando en voz baja con un hombre grande que, a pesar de que llevaba pantalones anchos y una chaqueta de cuero, lograba tener un aspecto competente e importante.

Dutton saludó fríamente a Sam con un movimiento de cabeza.

—Señor Bowden, este es el capitán Ricardo, de la policía del estado —dijo—. Le he estado informando sobre el caso.

—Ya he hablado con el capitán cuando llegó —dijo Sam.

—¿Cómo está la señora Bowden?

—Estaba al borde del abismo. El doctor Allisson le ha puesto una inyección. Dice que mañana estará aletargada pero descansada.

Sam se sentó en una silla.

—Se supone que debo apoyar este tobillo lo menos posible —comentó.

—Al parecer, usted y Kersek no manejaron muy bien el asunto —dijo Dutton.

Sam se lo quedó mirando.

—Si no hubiera sido por mi mujer y por su pequeño discurso, lo habría tenido que manejar yo solo, y habría sido mucho peor, capitán Dutton.

Dutton se ruborizó y dijo:

—¿Desde dónde vigilaban?

—Yo estaba en la parte de arriba del establo, con un timbre para que mi mujer pudiera avisarme. Kersek estaba en el sótano. Las escaleras frontales y traseras tenían un dispositivo de alarma. Me gustaría saber por dónde entró Cady.

—Lo hemos averiguado —dijo el corpulento policía del estado—. Trepó al tejado del cobertizo que hay junto a la cocina, cortó la rejilla mosquitera de la ventana que hay al fondo del rellano y forzó el pestillo.

Sam asintió con gesto cansado.

—Por eso Kersek no oyó nada y por eso se redujo el tiempo de advertencia... Y, además, él no podía oír el timbre. Lo primero que oyó fue el grito y los dos disparos de Carol.

—¿Dos? —preguntó Ricardo—. ¿Está seguro?

—Casi seguro.

Ricardo se volvió hacia Dutton.

—Hemos encontrado dos balas del veintidós, una en el marco de la puerta, al nivel del pecho de un hombre, y otra en el yeso del otro lado del rellano, a unos dos metros de altura. Y también una bala del treinta y ocho en el rodapié del mismo rellano. Impactó en diagonal y levantó una astilla larga.

—Estaba seguro de que Kersek podía enfrentarse a esta situación... —dijo Dutton.

Ricardo se tiró del lóbulo de la oreja.

—Ocuparse de un tipo duro es una cosa. Ocuparse de un demente es otra bien distinta. Estaba oscuro en el rellano. Su hombre no conocía la disposición de la casa, y probablemente no sabía dónde estaba el interruptor de la luz. E intentó actuar con rapidez. El tal Cady probablemente salió de la habitación como una locomotora.

—Yo también le disparé —dijo Sam.

—¿Con el revólver que encontramos en la escalera?

—Sí.

—¿Dónde y cuántas veces?

—Tres veces en el jardín delantero. Me derribó en el porche. Corrió hacia la esquina de la casa. Luego lo oí corriendo ladera arriba y disparé dos veces desde lejos. Pero siguió corriendo. Pude oírlo.

Sonó el teléfono. Lo cogió uno de los hombres de Ricardo y anunció que era para el capitán Dutton. Este escuchó durante un rato lo que alguien le decía, emitió un par de monosílabos y colgó. Cuando se dio la vuelta, su rostro parecía haber envejecido. Tenía los ojos fruncidos y amargados.

—No ha sobrevivido. Se les ha ido en la mesa de operaciones. Nunca sabremos cómo consiguió burlarlo.

—Maldita sea, lo siento —dijo Ricardo.

—¿Qué piensa hacer?

—No es fácil sellar toda esta área. Demasiadas carreteras secundarias. Y puede que no hayamos llegado a tiempo. No lo sé. Pero he ordenado los bloqueos. No podemos usar perros porque no podemos darles nada suyo para oler. Dentro de treinta minutos vendrán media docena de agentes. Al amanecer nos dispersaremos y subiremos la colina para ver si podemos encontrar su rastro. Tengo un muchacho que es bastante bueno en eso. Esperemos que el señor Bowden le alcanzase y, si no, al menos que hayamos sellado la zona a tiempo.

—Y por si acaso eso no es así, ¿por qué no publicar un aviso de alarma?

Ricardo asintió.

—Seis estados. Encárguese del asunto. Muy bien. ¿Y qué se hace con la prensa? Mis hombres la han mantenido alejada hasta ahora.

Dutton frunció los labios.

—Han matado a un policía. Hagamos una gran difusión. Podemos publicar fotos policiales.

Miró fijamente a Sam.

—Le van a pedir declaraciones. Me puedo ocupar yo, si quiere.

—Lo preferiría.

—Cuanto antes cooperemos —dijo Dutton—, más benévolos se mostrarán.

Salió por la puerta principal en dirección al barullo de luces y sonidos de conversaciones junto al establo.

Ricardo reposó su corpachón en una silla y dijo en tono pensativo:

—La relación entre el cuerpo y la mente es extraña. Hay algo en la mente de una persona cuerda que le impide usar toda la fuerza de su cuerpo. El año pasado, dos de mis hombres fueron a detener a una mujer que pesaba cincuenta kilos. Estaba intentando destrozar un motel en la carretera de Sherman. Y lo estaba consiguiendo. Resulta que se necesitaron cinco hombres, cinco muchachos fornidos, para reducirla, y cuando por fin la tuvieron bajo control, hubo que hospitalizar a dos de ellos. Por lo que me dice Dutton, ese Cady está mal de la azotea.

—Y además es grande y rápido, y está en forma —dijo Sam.

Ricardo encendió un puro con esmero y examinó la brasa.

—Un hombre y una mujer de nombre Turner, que viven carretera arriba, estuvieron aquí y mis hombres no los dejaron entrar. ¿Son buenos amigos?

—Los mejores.

—Alguien debería quedarse con su mujer. ¿Le parece bien la señora Turner?

—Sí.

Ricardo se puso en pie.

—¿En qué casa viven?

—La siguiente en el mismo lado de la carretera. Muchas gracias.

—Enviaré a uno de mis hombres para que la traiga.

Salió de la casa.

Sam se quedó sentado solo en el salón. Se sentía embotado por el desgaste de emoción y energía. Pensó en todo lo que había hecho mal. Una actuación digna de un payaso. Caerse por la escalerilla. No poder entrar en la casa. Vaya gran hombre de acción. Solo le faltaba haber tropezado en la oscuridad con una cuerda de tender la ropa. La brigada de las meteduras de pata. Costaba aceptar que Kersek hubiera fallecido. Pero, con su muerte, había impedido que ocurriera lo impensable. Al menos se podía decir eso.

Liz Turner entró apresuradamente en la casa. Era rubia y alta y ocultaba unas tremendas reservas de energía tras una fachada de lánguida anemia.

—Santo Dios, Sam, estábamos histéricos. Era como si hubiese una guerra por aquí. Cuando nos pusimos algo de ropa y vinimos, nos echaron los policías. El que nos ha llamado ahora me ha dicho que han matado a uno de ellos y que vosotros estáis bien. ¿Cómo se encuentra Carol? ¿Dónde está?

—Allisson le ha puesto una inyección de Demerol. Está fuera de combate, pero no sé por cuánto tiempo. Pensé que no te importaría...

—Claro que no me importa. Me quedaré con ella. ¿Está en vuestro dormitorio? Subo ahora mismo. ¿Se trata del hombre del que Jamie le habló a Mike? ¿El que envenenó a Marilyn?

Él asintió. Ello lo miró unos instantes, fue rápidamente hacia las escaleras y subió los escalones de dos en dos. Sam oyó que llegaban más coches. Se levantó, fue hasta la ventana y miró fuera. Los uniformados policías estatales se movían de un lado a otro ante las luces de los coches. Por el este estaba empezando a amanecer. Había dejado de llover. Los árboles goteaban.

Vino Ricardo y lo llevó afuera para que les mostrase desde dónde había disparado hacia la ladera y de dónde parecía venir el ruido.

—Ya lo tengo todo organizado, señor Bowden. En cuanto haya suficiente luz para seguir el rastro, nos pondremos en marcha. Llevaré a diez hombres y nos dispersaremos. Dutton ha regresado a New Essex. No hay muchas probabilidades de que vuelva, pero de todos modos dejaré aquí a un hombre. Y aquí tiene su arma. La he recargado.

Justo cuando Sam cogía el revólver, un flash se disparó cerca y Ricardo se dio la vuelta irritado.

—¿Qué demonios os he dicho ya a todos los periodistas?

—Denos un respiro, capi —dijo el hombre junto al fotógrafo.

Tenía una cara ancha y pálida y dos inocentes ojos azules.

—Esta es una de las pocas veces en que los chicos de Gutenberg nos adelantamos a los granujas de la televisión con una exclusiva —dijo—. Todos los periódicos van a sacar esta.

¿Cuándo empezamos, capi? ¿Qué le parece una entrevista en exclusiva, señor Bowden? Me llamo Jerry Jacks.

—Ahora no —dijo Sam, y caminó de vuelta a la casa.

A su espalda oyó cómo Ricardo echaba a Jacks en dirección al establo.

Observó el comienzo de la batida desde la ventana de la cocina, la línea de hombres subiendo por la colina con las armas preparadas. Los observó hasta que desaparecieron de su vista. El sol ya había salido. Sam subió al dormitorio. Liz le sonrió y se puso un dedo en los labios. Carol respiraba profunda y lentamente, con la magullada cara relajada y los labios entreabiertos. Liz dejó a un lado su revista y salió al rellano con él.

—No se ha movido —susurró.

—Debe de ser bastante aburrido para ti —dijo Sam.

—No me importa en absoluto. ¡Cómo le han dejado la cara a la pobre...!

Cuando bajó de nuevo, se sentía demasiado inquieto como para sentarse a esperar. Salió por la puerta de la cocina y se sentó en los escalones de atrás. El sol, que estaba ya bastante alto, le calentaba el rostro y el dorso de las manos.

En el silencio oyó sus voces antes incluso de verlos. Habían descendido la colina por un camino más fácil, el que bajaba desde el campo de tiro improvisado, pasaba junto a la tumba de Marilyn y desembocaba en la parte de atrás del establo.

Sam fue hasta allí. Cuatro policías llevaban con dificultad la camilla improvisada. Habían cortado dos árboles jóvenes, los habían desbastado y los habían unido con dos chaquetas de sus uniformes. Sam esperó al pie del camino. Cuando llegaron a terreno llano dejaron la camilla en el suelo con torpeza para descansar. Cady yacía en ella boca arriba. Su rostro chato tenía un aspecto extrañamente encogido y el color de la masa de pan sucia. Sus ojos entreabiertos eran dos rendijas de cristal azul opaco. A lo largo de su vida Sam había visto varios cadáveres, pero ninguno de ellos parecía tan muerto como aquel. Le dieron pesadamente la vuelta al cuerpo y lo dejaron boca abajo sobre la hierba húmeda. Alguien disparó un flash.

—Aguantó hasta la mitad del trayecto que lo separaba del coche —dijo Ricardo—. Fue más fácil llevarlo colina abajo que colina arriba. Su coche estaba escondido junto a esa carretera de tierra ahí arriba, cubierto con ramas. Dentro había un rifle con mira telescópica, comida y licor. Uno de los muchachos lo está llevando a que lo examinen.

—¿Era necesario dispararle?

Ricardo miró a Sam.

—Lo único que tuvimos que hacer fue bajarlo hasta aquí. Empezamos a ver sangre a la mitad de la ladera. Mucha. Fíjese en su ropa. Le debió de dar uno de sus disparos, uno de los últimos que hizo. Le desgarró la parte interna del brazo, justo debajo de la axila, y le abrió una arteria. Pudo subir otros cien metros, y después se desangró.

Sam miró el cuerpo mientras le daban de nuevo la vuelta y lo volvían a poner en la camilla. Tenía una hoja de hierba pegada a los labios. Él había matado a aquel hombre. Había convertido aquella fuerza elemental y despiadada en arcilla, en disolución. Hizo examen de conciencia buscando culpa, vergüenza, pero solo encontró una sensación de salvaje satisfacción, un sentimiento de realización fuerte y primitivo. Todas las pulcras y cuidadosas capas de instinto y comportamiento civilizados se habían caído y dejaban a la vista la intensa satisfacción por la muerte de un enemigo.

—Me lo llevaré de aquí tan pronto como me sea posible —dijo Ricardo—. Pásese mañana por los barracones de la policía estatal, si puede. Tendré el papeleo listo para firmar.

Sam asintió, dio media vuelta y se fue hacia la casa. Caminó tres metros, se giró y los miró. Vio el cadáver mientras lo levantaban y dijo con voz monótona:

—Gracias.

Había pensado en subir al piso de arriba, pero una debilidad súbita lo obligó a sentarse lánguidamente en una silla. Podía oír a Jerry Jacks hablando por teléfono. Sabía que debería estar enfadado con él por colarse en la casa, pero ahora eso no le parecía importante.

—... eso es. Muerto. Y lo hizo Bowden.

Lo hizo Bowden. Sam Bowden, que había querido echar la cabeza atrás y lanzar un grito al cielo, que había querido bailar alrededor del cadáver y cantar la derrota de su enemigo...

Cuando se sintió con fuerzas otra vez, subió pesadamente las escaleras para esperar a que Carol se despertase y contárselo. Luego dormiría, y después iría a buscar a los niños.

CAPÍTULO QUINCE

El día del Trabajo, la familia Bowden, con Tommy Kent como invitado especial, hizo el último viaje del año a la isla en el Sweet Sioux.

Era un día cálido, y en el lago soplaba un viento fresco. Comieron al mediodía. A las dos en punto, los niños ya estaban metidos en el agua. Sam se encontraba sentado en bañador sobre una manta, los brazos apoyados en las rodillas, una lata de cerveza y un cigarrillo entre los dedos. Carol estaba tumbada boca arriba junto a él, con un brazo puesto sobre los ojos.

Lanzó un gruñido soñoliento, se puso boca abajo, dobló los brazos hacia atrás, se desabrochó la parte de arriba del biquini y dijo:

—Príngame, colega.

Sam dejó a un lado la lata de cerveza, colocó encima su cigarrillo, le quitó el tapón a la botella de crema solar, se echó un cálido chorro en la palma de la mano y empezó a extenderla sobre los alargados, morenos y puros contornos de la espalda de su esposa. «Una de las mujeres más extraordinarias que existen —pensó—. Una mujer con elegancia y con espíritu, con orgullo y delicadeza». Y, una vez más, pensó en aquella cosa terrible que estuvo a punto de ocurrirle. Un espíritu menos luminoso habría sobrevivido a aquel crimen sin sufrir un gran daño emocional, pero no Carol. Aquello la habría destrozado por completo y para siempre. Al pensar en lo poco que había faltado, se le humedecieron los ojos y la imagen de Carol se volvió borrosa ante él.

—Hum... —murmuró ella, satisfecha, mientras él volvía a tapar la botella.

—Supongo que estás demasiado perezosa como para meterte en el agua.

—Ajá...

—Me han engañado —dijo él en tono sombrío—. Cuando te compré en el mercado de esclavos de Nairobi, el vendedor dijo que trabajarías como un perro desde el amanecer hasta caer rendida. Tus carnes parecían firmes; tu ojo, claro. Tenías todos los dientes.

—El precio fue justo —dijo ella con voz soñolienta.

—Pero me engañaron.

—Acuérdate de lo que ponía en el cartel: no se permite devolver la mercancía.

—Estoy pensando en revenderte.

—Demasiado tarde, caballero. Todos estos años sirviéndote me han convertido en una vieja bruja.

Sam lanzó un suspiro teatral.

—Supongo que aún puedo usarte algunos años más.

—¡Ja!

—Nada de «ja». Eso es impertinente.

—Sí, amo.

Era el tipo de jueguecito amable al que les gustaba jugar desde que estaban casados. Captaban indicios el uno del otro y el juego seguía y seguía, y los dos disfrutaban del intercambio imaginativo y lo convertían en un juego de amor.

Sam tiró la lata de cerveza vacía al lago y vio cómo se alejaba, brillando entre las olitas, impulsada por el viento. Miró cómo Nancy se incorporaba en la popa del Sweet Sioux y se lanzaba en un limpio chapuzón, hermoso como la música.

Carol se abrochó el biquini y se incorporó.

—Quizá sí que voy a nadar, me has hecho sentirme culpable, sinvergüenza. Tragando cerveza y haciendo comentarios insultantes...

—Ve tú a nadar. Yo voy a esperar un poco.

La vio avanzar hasta el agua mientras se metía el pelo bajo el gorro de goma. Caminó con el agua por las piernas y luego se lanzó a nadar con su crol competente y reposado. Sam cogió otra cerveza de la nevera portátil, brindó consigo mismo y se dijo: «Momento significativo. En este día, a esta hora y en este instante, he salido de debajo de una nube oscura llamada Cady. Inesperadamente, me encuentro entero de nuevo».

Carol volvió goteando y jadeando un poco y le pidió una cerveza. Se sentó a su lado a beberla.

Lo miró con la cabeza un poco ladeada y dijo:

—Otra vez tienes esa mirada pensativa.

—¿En lugar de la vacuidad idiota de costumbre?

—¿Qué es?

—Cady.

La expresión de ella se alteró.

—Me gustaría que no hicieras eso. Yo lo encierro en un pequeño y ordenado armarito en el fondo de mi mente, y tú no dejas de colarte y sacarlo y agitarlo delante de mis narices.

—Tú has preguntado. Estaba intentando detectar un cambio. Si uno mata a un hombre, debería cambiar. No sé cómo. Volverse más tosco, quizá. Desde luego, menos sentimental. Ser menos como un idiota amable suelto por el mundo.

—Sí que hay un cambio.

—¿Tú puedes verlo?

—En mí, quiero decir. No soy tan idiota como antes respecto a mí misma y a mi pequeño mundo hermético, Sam. Yo creía que mi derecho absoluto e inalterable era ser feliz y criar a mis hijos, y, un día, echarlos del nido y pasar contigo una vejez digna. Sabía que moriría algún día, y que me convertiría en una viejecita con el pelo blanco y olor a lavanda, y que moriría en mi cama rodeada de mis nietos. Y tú aún vivirías unos años más, para que así tuvieras ocasión de echarme de menos, y después te reunirías conmigo. Eso es lo que tenía en mente. Una enorme e infantil confianza en que este mundo estaba hecho para que yo pudiera ser feliz en él.

—¿Y no es así?

—Solo con suerte, querido. Solo con la mayor de las suertes. Hay cosas oscuras sueltas por el mundo. Cady era una de ellas. Un charco helado en una curva puede ser otra. Un germen puede ser otra.

—Ya lo sé, cariño.

Ella le cogió la mano, se la apretó fuerte y lo miró con el ceño fruncido.

—Así que esta pequeña cosa es lo que he aprendido. Que en todo el mundo, ahora mismo, en este instante, hay personas que se están muriendo, o que les están rompiendo el corazón, o el cuerpo, y mientras eso sucede, tienen una sensación de absoluta incredulidad. Esto no me puede estar pasando a mí. Esto no es lo que *tenía que* ocurrir.

—Ya lo sé.

—Creo que quizá soy más fuerte y más valiente. Espero que sí. Porque sé que todo lo que tenemos está colgando de una delicada red de incidencias y coincidencias. —Se sonrojó y dijo—: Ahora te toca a ti.

Sam dio un sorbo de cerveza y miró hacia el lago.

—Me toca. De acuerdo. Todo lo que has dicho, y una cosa más. Es como recuperarse de una enfermedad grave. Todo el mundo parece fresco y nuevo. Todo parece especial. Me siento tremendamente vivo. Y no quiero que eso desaparezca. Quiero agarrarme a ello. Creo que me estaba volviendo rígido. Estaba idealizando mi profesión, y me estaba apoyando demasiado en ella. Ahora sé que es solo una herramienta. Hay que usarla como cualquier herramienta. Si se usa con prudencia, te puede ayudar. Y cuando ya no te sirve, hay que hacer algo que sirva.

—Caray, qué vendedores ambulantes tan interesantes vienen a la granja a hablar conmigo y con papá.

Sam miró sus ojos redondos e inocentes.

—Betty Lou, siempre es un placer pasar por aquí y probar lo que cocinas.

—Oh, es lo de siempre. Usted solo quiere adularme.

—Betty Lou, ¿alguna vez has considerado seriamente tener un bebé?

Sam vio la súbita gravedad en su mirada, vio cómo sopesaba sus palabras, vio la casi inmediata decisión.

—Me encantaría tener uno, pero, cáspita, todas las mañanas voy a mirar debajo de las hojas de col y nunca hay un bebé, no sé por qué.

—Pero es que esa no es la forma de tener un bebé, ricura.

—Aquí en la granja no se consigue mucha información actualizada...

Sam la besó en la boca.

—Más o menos empieza así.

—¿Ah, sí? Pues entonces creo que me puede gustar...

Él se rio y ella puso una sonrisa pícara.

—Vamos a nadar, chiquilla indecente.

—Necesitas agua fría, Samuel.

Caminaron hasta el agua cogidos de la mano. Marido suburbano y esposa suburbana. Una pareja atractiva, apacible y civilizada, sin rastro visible de violencia, sin marcas persistentes de un miedo atroz.

Sam se lanzó a nadar a su lado, se detuvo, le sonrió amorosamente, le hizo una inesperada aguadilla y nadó todo lo rápido que pudo hacia la popa del barco mientras los niños le gritaban a Carol que lo atrapase.